DOUBLE IDENTITÉ

Didier van Cauwelaert est né à Nice en 1960. Depuis ses débuts, il cumule succès publics et prix littéraires. Il a reçu notamment le prix Del Duca en 1982 pour son premier roman, *Vingt ans et des poussières*, le prix Goncourt en 1994 pour *Un aller simple* et le Prix des lecteurs du Livre de Poche pour *La Vie interdite* en 1999. Les combats de la passion, les mystères de l'identité et l'irruption du fantastique dans le quotidien sont au cœur de son œuvre, toujours marquée par l'humour. Ses romans sont traduits dans le monde entier et font l'objet d'adaptations remarquées au cinéma.

DIDIER VAN CAUWELAERT

Double identité

ROMAN

ALBIN MICHEL

© Éditions Albin Michel, 2012.
ISBN : 978-2-253-19493-4 – 1re publication LGF

À force de se croire un autre, on finit par le devenir. C'est ce que je me répète chaque matin devant le miroir, qui s'obstine à me renvoyer une image dans laquelle je ne me reconnais toujours pas. Et pourtant, mon passé n'a plus de raison d'être. Mais je veux que tu saches d'où je viens, qui je fus et pourquoi je tenais à toi avant même qu'on se rencontre.

Pardon pour la brutalité de ces aveux. C'est le dernier stade de ce que nous appellerons ma rédemption. J'ai besoin de remettre ma vie entre tes mains, Liz. Toutes mes vies : celle que j'ai voulu oublier, celle que j'ai crue la *bonne*, celle que j'ai esquissée avec toi et qui, je le souhaite de tout mon être, sera la dernière. J'ai besoin de savoir si, après avoir lu cette confession, tu veux toujours de moi en connaissance de cause.

C'est pour toi que j'écris notre histoire. Pour te la faire revivre de mon point de vue. Mon seul espoir, mon seul but est que tu acceptes celui que j'étais avant de sonner à ta porte. Car tout ce qui mérite d'être aimé en moi, c'est l'évolution que je te dois : la somme de défis, d'illusions et de mensonges qui m'a permis de trouver, dans tes yeux, ma véritable identité.

Je suis né Steven Lutz. Il y a quelques mois encore, j'étais le meilleur élément de la Section 15, une unité clandestine utilisée par la CIA pour éliminer discrètement les personnes menaçant les « intérêts supérieurs » des États-Unis.

Quelle raison pousse un homme à devenir tueur professionnel ? Dans mon cas, c'est le dégoût de l'amateurisme. Et l'abus de littérature. Aucune circonstance atténuante, en tout cas : j'étais un enfant banal, ni orphelin, ni battu, ni trop gâté. Des parents unis par les lois de l'apparence et parfaitement stupides, une famille nombreuse élevée à la main de velours dans un gant de fer, silence à table et rien à se dire. Seuls les livres m'ont sauvé de l'ennui. J'y cherchais bien plus qu'un moyen d'évasion : une colonne vertébrale, une structure sur mesure, un cadre de vie. Mais la lecture ne suffisait pas à me fournir un avenir, et je n'avais pas la patience d'écrire ; aussi ai-je décidé de devenir un personnage.

J'ai cru que l'armée serait l'apprentissage idéal, la formation la plus dépaysante qui soit. Mais je m'y suis retrouvé comme en famille : bêtise, rapports de force, illusion d'ordre, suffisance et lacunes. L'école de perfection que je recherchais, elle n'existait que sur le champ de tir. Objectif clair et précis, aucun droit à l'erreur. Je faisais enfin partie de l'élite, ce mot qu'on n'ose plus employer qu'en l'associant à « tireur ».

Mais, pour le reste, je n'étais pas un personnage, j'étais un matricule. La montée en grade n'y changea rien : il n'y avait pas d'histoire, de progression dramatique, de cohérence, de chute. Et surtout, il n'y avait aucun style.

Quand on m'a envoyé à la guerre, la barbarie, le dilettantisme et la gratuité de la mise à mort m'ont écœuré. J'étais un héros de Dostoïevski, moi, pas de Steinbeck. Tuer un inconnu avant qu'il ne me tue ne correspondait à aucun de mes critères. La Section 15 m'a offert, en temps utile et sur la recommandation d'un ancien compagnon d'armes, ce que j'avais toujours attendu de la vie. En mieux. Je devenais non pas le produit d'une situation, mais une créature autonome ; à chaque fois j'étais en charge d'un destin auquel je mettais un point final. J'étais l'auteur d'une mort. Connaître sur le bout des doigts son sujet, entrer dans sa peau à distance, scénariser sa sortie de scène au mieux des intérêts de l'intrigue…

Et ça ne s'est pas arrêté là. Avec l'arrivée du Dr Netzki à la Section 15, l'hypnose a fait de moi un personnage autobiographique différent à chaque mission. Je n'étais plus un tireur embusqué, j'étais un appât visible pour mes proies. Fini les cibles à distance : mes victimes devenaient des relations de proximité. De Téhéran à Cuba, d'Israël en Afghanistan, de la Chine aux Balkans, possédant à chaque fois la langue, les coutumes et les codes, j'attirais les confidences avant de réduire au silence ; je créais des liens avant de trancher le fil.

Ma cinquante-troisième mission fut la dernière. On m'avait envoyé en Europe pour commettre un attentat à haut risque, sous l'identité factice d'un botaniste de l'université de Yale : Martin Harris. Pour être crédible, je venais d'assimiler sous hypnose une quantité hallucinante de connaissances scientifiques et de détails intimes. C'est alors qu'un accident de taxi m'a plongé dans le coma.

À mon réveil, une semaine plus tard, *j'étais* Martin Harris. Rien d'autre. Mes seuls souvenirs se cantonnaient aux informations que j'avais intégrées sur sa vie, son profil, ses travaux. J'avais oublié mon véritable passé, les raisons de ma couverture, ma mission. Et du coup, sans le savoir, j'ai fait échouer l'attentat en accusant publiquement d'imposture la doublure qui, en catastrophe, avait dû me remplacer dans la peau du soi-disant botaniste[1].

Quand, au bout de quarante-huit heures, j'ai retrouvé *ma* mémoire occultée par celle de mon personnage, j'ai dû faire face à la fois au meurtrier de sang-froid que j'avais été durant vingt ans et aux efforts de ma Section pour m'éliminer. J'ai réussi à m'enfuir avec Muriel, la conductrice de taxi qui,

---

1. Voir *Hors de moi*, Albin Michel ; Le Livre de Poche, n° 30280.

seule, avait cru que j'étais le *vrai* Martin Harris et qui, du coup, était condamnée au même titre que moi. Ma détresse, l'absurdité de ma situation et l'injustice que je subissais à ses yeux l'avaient jetée dans mes bras. Sans hésiter à tirer un trait sur son boulot sans avenir, sa banlieue pourrie, ses dettes chroniques, elle avait entraîné ses deux ados dans notre cavale. Et voilà comment un solitaire au long cours, pour qui l'amour se réduisait aux escales sexuelles, s'était retrouvé soutien d'une famille imaginaire à l'autre bout du monde.

Nouveaux noms, nouveaux repères, nouvelle vie… Je m'étais cru en sécurité, hors d'atteinte et reparti de zéro, consacrant toutes mes forces à donner corps à un autre moi-même. C'est là qu'a débuté ma véritable métamorphose. Une métamorphose qui allait tout bouleverser autour de moi.

* * *

En passant par l'imposture, la vérité prend parfois un raccourci. Les origines, le vécu, les passions, le caractère de Martin Harris, qu'on m'avait implantés en état modifié de conscience pour en garantir l'exactitude et la sincérité, continuaient de prospérer dans mon cerveau. Le coma avait engrammé, validé ces souvenirs, mon inconscient les avait *choisis* pour échapper sans doute au destin sans illusions d'un tueur en fin de carrière. Après avoir opacifié un temps ma propre mémoire, voilà qu'au fil des jours lesdits souvenirs se substituaient à elle en connaissance de cause, et le sommeil semblait les compléter. Chaque matin ou presque, je me réveillais avec les émotions d'une enfance qui n'était pas la mienne, l'image d'un herbier que je n'avais jamais constitué ou la fierté d'une découverte sur l'intelligence des plantes que je m'étais attribuée.

Ma nouvelle identité, celle d'un gérant d'hôtel à l'île Maurice, ne *collait* pas. De jour en jour, le fossé se creusait entre mon apparence trompeuse et ma personnalité fictive, de plus en plus profonde, envahissante et nécessaire.

Je n'y pouvais rien : tout ce qui ne relevait pas des plantes me tombait des mains. Je passais mon temps à observer les mangroves dans le lagon, ou à surfer sur Internet pour compléter mes connaissances théoriques. Prisonnier d'une survie sans issue, je fuyais en arrière. Je rattrapais mon retard. Toutes ces années perdues à ne pas être ce Martin Harris dont l'incarnation, pourtant, ne me serait jamais plus possible.

Muriel s'inquiétait. Elle me sentait absent, lointain, simple figurant d'une vie qu'elle s'ingéniait à rendre crédible, authentique, concrète. Je ne donnais plus de ma personne. Je ne communiquais plus avec ses enfants. Je ne lui faisais plus l'amour que par politesse. En d'autres circonstances, elle m'aurait conseillé de voir un psy.

Je ne sombrais pas pour autant dans la schizophrénie ; j'étais parfaitement conscient du processus qui s'opérait dans ma tête. Je *créais*. C'était comme si un livre continuait de s'écrire en moi. L'histoire de Martin Harris. J'avais l'impression que mes rêves, chaque nuit, alimentaient l'intrigue.

C'est alors qu'une tierce personne ancra de nouveau dans le réel cette identité parasite qui me colonisait de l'intérieur. Un incendie ayant ravagé le palace voisin, on dut héberger dans nos modestes paillotes de riches vacanciers en attente d'un relogement plus digne. L'un d'eux était lord Sheldon, le gentleman-driver de l'écurie Bentley qui, avant guerre, avait gagné deux fois les Vingt-Quatre Heures du Mans à bord de la célèbre « Speed Six ». Légende vivante ayant fait fructifier son nom dans une marque de sportswear indémodable depuis un demi-siècle, le « Bentley Boy » était devenu un nonagénaire en fauteuil roulant, hédoniste et charmant, que son jeune secrétaire mettait à tremper dans le lagon tous les après-midi.

Muriel et moi avons tout de suite sympathisé avec Wallace Sheldon. J'avais vu, trois ou quatre ans plus tôt, un reportage photo sur sa propriété : un château gothique isolé au nord de Brighton, une collection d'anciens bolides de course et les plus beaux jardins du Sussex. Comme par un fait exprès, il cumulait nos deux obsessions respectives : la mécanique et les plantes. Celle qui avait gouverné jusqu'alors la vie de Muriel, et celle qu'on m'avait greffée sous hypnose. Nos compétences l'enchantèrent et nourrirent nos conversations d'après-dîner. Mais son départ aggrava mon état de manque, mon sentiment d'exil, comme si au fond de moi je sentais que la suite de mon destin passait par cet homme, et que je n'avais pas su saisir une chance qui ne se représenterait pas. En quelques jours, je m'étais remis à croire en moi, à un avenir autre que ce stand-by qui s'éternisait dans une carte postale sans relief.

La famille recomposée que j'étais censé former avec Muriel et ses deux ados me pesait de plus en plus. J'avais tenté d'initier le gamin à la botanique, mais il était retourné très vite à ses jeux vidéo. Il avait cessé de nous parler, n'allait plus au lycée. Quant à sa sœur, elle avait mis le grappin sur un producteur de canne à sucre, sa mère s'y était opposée en vain et on ne la voyait plus. Muriel diluait sa dépression dans le rhum-orange : ses enfants pour qui elle s'était toujours sacrifiée lui échappaient, et l'homme qui avait détruit sa précédente vie ne l'aidait plus à construire un présent viable. Coincée au bout du monde dans un rôle d'hôtelière qu'elle n'avait plus le cœur d'assumer, elle se voyait dans mes yeux comme un reproche vivant, un poids mort – et je ne pouvais que lui donner raison.

Le salut, pour moi, allait venir de son fils. Incapable, contrairement à sa sœur, de s'adapter à sa nouvelle existence, il avait commis l'irréparable en téléphonant depuis l'hôtel à son père. Un petit sauteur immature qui, après les avoir abandonnés du jour au lendemain pour une animatrice télé, avait tenté, une fois plaqué à son tour, de renouer avec eux en se heurtant au refus définitif de son ex-femme. Le gosse avait tout raconté à son père, et l'appelait au secours.

J'avais du mal à définir ma réaction. Le vieil instinct de chasseur traqué, nécessaire à mon ancienne vie, allumait tous les signaux d'alerte, et en même temps j'étais reconnaissant au gamin de me fournir le prétexte idéal pour clore la parenthèse. Je décidai de laisser aller le destin, de faire comme si je n'avais pas surpris l'appel téléphonique, et de ne rien dire à Muriel.

Lorsque son ex-mari débarqua à l'improviste d'un vol Air Mauritius, j'étais là, prévenu par une directrice d'escale que j'avais payée pour éplucher les listings. Je lui ai mis le marché en main. Fini sa vie de perchman intermittent sur une chaîne d'infos en chute d'audience : il resterait ici pour finir d'élever ses mômes et faire marcher l'hôtel dont je lui laissais la gérance. S'il trahissait notre secret, il se condamnait à mort. Mais comme je lui offrais une existence de rêve, je n'avais pas trop de souci à me faire. J'envoyai à lord Sheldon un mail pour annoncer que, suite à des problèmes familiaux, je venais vivre en Angleterre. Il fit répondre par son secrétaire que, le cas échéant, il serait heureux de pouvoir bénéficier de mes compétences.

Je rouvris le double fond de ma valise, où je conservais les passeports de nationalités différentes permettant, en toute circonstance, l'exfiltration des agents de la Section 15. Fabriqués par un sous-traitant de la CIA, ils étaient les plus convaincants du monde.

— Je t'emmène ou tu restes avec eux ?

Je n'avais pas le courage de laisser tomber Muriel, même si l'affection que j'avais eue pour elle n'était plus que pitié encombrante. Mais c'était à elle de choisir. Le dilemme fut bref : elle me suivit par défaut, pour fuir l'homme qu'elle haïssait toujours autant et qui, surgi en héros de l'amour paternel, venait de lui reprendre ses enfants qui ne voulaient plus d'elle.

***

Sous des apparences paradisiaques, l'enfer l'attendait à Sheldon Place. Un enfer des sentiments qui me laissait froid. Au milieu des quinze hectares de bois et de parterres à l'anglaise, j'étais dans mon élément, je mettais mes connaissances théoriques à l'épreuve d'un vrai jardin, et je ne la croisais plus qu'aux heures des repas. Elle déclinait de jour en jour, à mesure que ma nouvelle raison d'être me détournait d'elle. Se partageant entre les vieux moteurs qu'elle entretenait machinalement, le secrétaire de lord Sheldon avec qui elle couchait l'après-midi pour compenser mon désintérêt et le gin tonic où elle noyait sa détresse de mère au soleil couchant, elle n'était plus que l'ombre d'elle-même dans une vie où j'avais enfin trouvé mes marques.

Laissé à l'abandon par les rhumatismes de mon prédécesseur, le parc de Sheldon Place reprenait forme à vue d'œil. Je me donnais corps et âme à cette nature en souffrance, taillant, labourant, semant, plantant à tour de bras, me ruinant les mains dans la terre et m'usant les yeux dans les vénérables traités de botanique qui, avec les archives de l'écurie Bentley, se partageaient la bibliothèque du château. Au cœur des soirées de pluie sur les vitraux gothiques, bien au chaud dans le halo ambré de ma lampe d'opaline, j'avais moins le sentiment d'apprendre que de *réviser*. Le botaniste imaginaire s'était incarné en secret dans un créateur de jardin.

C'est là qu'un rêve commença d'envahir mes nuits.

Je me réveille en sursaut, une plante et un nom dans la tête. *Quimanie.* Une herbacée aux feuilles rougeâtres terminées par des vrilles, avec des fleurs à mi-chemin entre la passiflore et l'orchidée. Jamais vue. Jamais entendu ce nom. Est-ce un reliquat d'hypnose, une image d'archive enregistrée à mon insu ?

Il est trois heures du matin. Muriel ronflote avec ses boules Quies à l'autre bout du lit, dans son haleine de gin. Je me rendors, les muscles endoloris par toute une journée à tailler le buis pour restaurer le labyrinthe victorien au bord de l'étang.

Je me réveille une heure plus tard. Même nom, même plante. Je me lève et la dessine, histoire de la sortir de ma tête pour retrouver le sommeil. Et ça marche. Je n'y pense plus jusqu'à la nuit suivante, où le rêve se répète à l'identique. La plante agite ses feuilles, projette ses vrilles dans le vide et me dit son nom. Je la fais taire à coups de somnifères.

Le lendemain, il pleut des cordes. Je passe la journée dans la bibliothèque à compulser traités, herbiers, récits d'explorateurs, index et planches illustrées, catalogues de bulbes et de semences… Rien. Aucune image ressemblante, aucune description de ce type de plante grimpante, aucun nom approchant. La quimanie n'existe pas. En tout cas, elle n'est pas répertoriée.

Nuit après nuit, le rêve me harcèle, récurrent, invariable. J'essaie de me concentrer sur autre chose. Je refais l'amour à Muriel, et elle m'accueille dans son demi-sommeil comme aux premiers temps de notre fuite. Mais mon désir tourne court. Je me retire de son corps, essoufflé, en sueur, étreint par une angoisse sans prise. Elle s'est rendormie. Je ne sais pas pourquoi elle reste avec moi. Parce qu'elle n'a pas le choix, ou parce qu'elle m'aime encore ? Elle me laisse aller au bout de mon obsession. Elle espère peut-être que, si je réussis à redevenir Martin Harris, je serai à nouveau l'homme de sa vie. Ou bien elle a renoncé à moi, et elle tue le temps en attendant une seule chose : que ses enfants la regrettent et la rappellent un jour.

Je finis par entreprendre une recherche approfondie sur la quimanie. Portails thématiques, serveurs consacrés aux archives de presse… Le mot-clé ne donne rien, jusqu'au moment où j'essaie une autre orthographe. Et c'est là que ma vie bascule. *Kimani* m'envoie sur le site d'un journal du Connecticut, rubrique nécrologique datée du 10 janvier d'il y a trois ans :

Nous apprenons avec tristesse le décès brutal de Martin Harris, chercheur à l'université de Yale, époux de notre amie Liz Harris, qui dispense ses précieux conseils dans notre page Déco du samedi. Elle nous prie de demander aux personnes touchées par ce deuil de n'offrir ni fleurs ni couronnes, mais un don au profit du département de botanique de Yale, destiné à la recherche sur la kimani. L'ensemble de la rédaction lui présente ses plus sincères condoléances.

Je relis trois fois l'entrefilet, abasourdi. Puis l'incrédulité se dissout dans l'adrénaline. Un mélange de rage et d'enthousiasme incoercible. La kimani existe. Martin Harris a existé. Cette fausse identité, qu'on m'avait présentée comme une couverture inventée de toutes pièces, était celle d'une personne réelle, ayant travaillé sur la plante inconnue qui hante mes rêves.

J'étends la recherche : aucune autre mention de la kimani, nulle part. J'explore les sites de l'université de Yale : rien. En revanche, quelques secondes me suffisent pour trouver, sur l'annuaire électronique, les coordonnées de Liz Harris. Mon poing s'abat sur le bureau. L'adresse correspond bien à celle du passeport qu'on m'avait établi au nom du botaniste. *255, Sawmill Lane, Greenwich, Connecticut.*

Les lignes se brouillent sur l'écran. Lentement, je compose le numéro de téléphone.

— Bonjour, vous êtes chez Liz et Martin Harris. Nous sommes absents ou occupés, merci de nous laisser un message. À bientôt.

C'est une voix d'homme. Chaude, légère, avenante. J'en reste coi. Le répondeur interrompt mon silence par un bip, coupe la communication. Quelle détresse, quelle passion ou quelle désinvolture faut-il prêter à une veuve qui, au bout de trois ans, laisse encore l'enregistrement de son défunt accueillir les correspondants ?

Je rappelle. Du ton le plus dégagé possible, j'articule avec des inflexions sympathiques :

— Bonjour, madame Harris, j'étais un ami d'enfance de Martin. Pardon de vous déranger, mais j'aurais besoin d'un renseignement au sujet d'une plante qui me pose problème... Je me permettrai de vous rappeler, merci.

Je raccroche, la sueur aux tempes. Je n'ai pas réfléchi. J'ai prononcé les mots qui grimpaient dans ma gorge. Je suis ému, angoissé, rassuré – je ne sais pas. Je ne me reconnais plus. Comme si à nouveau Martin Harris parlait en moi. Au-delà de la différence de timbre et de phrasé, j'ai perçu dans sa voix quelque chose qui me *ressemble.* Une tension, une gravité meurtrie sous le ton affable. Une vraie froideur aux aguets derrière la chaleur des convenances.

Qu'est-ce qui se passe ? L'esprit de cet homme que j'étais chargé d'incarner est-il entré en communication avec moi au travers d'un rêve ? Quelle importance cette plante revêt-elle pour sa veuve, au point de l'amener à solliciter des crédits de recherche par le biais d'une rubrique nécrologique ?

La pluie s'est arrêtée. J'ai besoin de me raccrocher au concret, au présent, à la fonction que j'occupe. Je pars dans mon break de service, cette monumentale Bentley Mk V carrossée en ambulance pendant la Seconde Guerre mondiale, que lord Sheldon a fait repeindre en vert pour l'affecter à l'entretien du parc. Dans l'habitacle feutré qui sent l'encaustique, le cuir humide et le terreau, j'essaie d'imaginer la veuve de Martin Harris. Je me demande si elle est belle, inconsolable ou poseuse, si elle a refait sa vie en cachette derrière la fidélité ostentatoire à un mort sur répondeur.

Une envie irrépressible de sauter dans un avion pour aller sonner à sa porte, là, tout de suite, serre mes doigts sur le grand volant de bakélite. Mais ma place est ici. J'ai tout ce qu'il faut pour oublier mon passé entre le parc, la bibliothèque et mon ambulance de jardin, j'aime le sherry de l'après-dîner partagé avec Wallace Sheldon dans la serre exotique, j'ai fait mien le rythme des saisons qui peu à peu gommera l'excitation à froid et l'indifférence précise qui gouvernaient ma vie. Et je n'ai pas le droit d'abandonner Muriel, même si elle apprend à se passer de moi. Je ne repartirai pas. Je ne retournerai pas en arrière.

***

Je me gare sur le parking de la jardinerie, vais chercher les jarres et les billes d'argile que j'ai commandées pour rempoter les kumquats de l'orangerie. Je ne remarque rien. Je n'ai pas le sentiment d'être suivi, épié. Aucun instinct ne me prévient de ce qui se trame.

Le magasin de tondeuses où je me rends ensuite, à Eastbourne, est fermé pour inventaire. Je rentre au château avec une bonne heure d'avance, gare la Bentley dans l'ancienne écurie au-dessus de laquelle nous logeons.

Muriel m'embrasse avec une spontanéité inhabituelle. J'imagine qu'en entendant le moteur, son amant est monté se planquer dans les combles. Nous passons à table, avec un prélude de Bach pour meubler notre silence. C'est une perturbation électro-magnétique sur la chaîne hi-fi qui m'alerte soudain, alors que nos portables sont éteints. Une seule autre source peut causer ce genre de bips : un détonateur à distance, au moment de la mise à feu.

J'empoigne Muriel, l'entraîne de toutes mes forces vers la fenêtre. Mais elle trébuche, je lâche son bras, et me jette dans le vide au moment où le bâtiment explose.

Je reprends connaissance au bord de l'étang, à l'arrière de l'écurie qui n'est plus qu'un amas de ruines. Je reste immobile, en état de choc dans le son des sirènes. Mes pensées se recalent, peu à peu. Caché par les hautes herbes et les roseaux, j'assiste à la fouille des décombres, à l'arrivée des chiens policiers, à la découverte des deux corps calcinés que les pompiers emportent dans des housses en plastique. J'imagine que le poseur de bombe voit la même chose dans ses jumelles, de l'autre côté du mur d'enceinte. C'est sans doute sur le parking de la jardinerie, pendant que je réglais mes achats, qu'il a plaqué la charge magnétique sous le châssis de mon break. J'entends les policiers accuser l'antique installation de gaz. Rien à dire. Du beau travail, insoupçonnable, sans bavure – à part moi.

J'ai pour Muriel une pensée d'infinie reconnaissance : son infidélité m'offre un sursis que je mets à profit, dès le départ des secours. Soulevant une dalle moussue, je récupère, entre les câbles qui alimentent les projecteurs de l'étang, la boîte en fer où j'ai planqué mes passeports, un peu d'argent liquide et la carte de crédit au nom d'une société-écran qui, depuis les îles Caïmans, gère en toute opacité mes économies.

À minuit moins vingt, lorsque s'éteint la dernière lumière du château, je fais mes adieux silencieux à lord Sheldon, et j'escalade le mur de clôture. Après une demi-heure de marche en rase campagne, je vole un vélo, puis une voiture au village suivant. La mort de Muriel me bouleverse, mais je ne peux pas laisser l'émotion prendre le pas sur l'instinct de survie. Colère, chagrin, remords finissent par se réduire à un simple objectif : je la vengerai.

À l'aube, je monte dans le premier train pour l'aéroport d'Heathrow. J'achète une valise cabine, deux costumes sombres, une paire de mocassins Paul Smith et des affaires de toilette. Rasé de frais pour ressembler à la photo de mon nouveau passeport, je m'installe au comptoir d'un snack et je commande des œufs au plat, les yeux rivés sur la télé. Au bout d'un quart d'heure, après les cours de la Bourse et les sorties de films, une présentatrice mal réveillée ânonne qu'une explosion de gaz a eu lieu chez un ancien pilote de course, causant la mort d'un couple de jardiniers.

Je commande une seconde assiette. D'ici qu'on ait constaté la disparition du secrétaire de lord Sheldon et procédé à l'analyse d'ADN, la Section 15 se croira débarrassée de moi, et j'aurai eu le temps de m'évanouir dans la nature. Reste à savoir comment ils m'ont retrouvé. Mon portable sans abonnement acheté en espèces à l'île Maurice ? Impossible. Je viens de le remplacer par le même modèle à mobicarte ; ils ne peuvent me localiser que si je les contacte. C'est là tout le dilemme. Mon unique recours serait d'appeler Howard Seymour, mon ancien condisciple à West Point : en tant que numéro 3 de la CIA, il est le seul à pouvoir agir sur la Section 15 pour annuler mon ordre d'exécution. Sauf si c'est lui qui l'a donné. Mieux vaut qu'il me croie mort jusqu'à preuve du contraire. Dans l'immédiat, je dois régler un problème qui me préoccupe tout autant que ma survie.

Je passe le contrôle d'identité et j'embarque à destination de New York.

Un gamin sur son vélo de course slalome d'un trottoir à l'autre, balançant le journal dans les jardins. Sawmill Lane est une rue de banlieue proprette en lisière de forêt. Silence résidentiel. Il n'y a quasiment personne : tout le monde travaille en ville, à cette heure de la matinée, à part les aspirateurs, les lave-linge et les robots de piscine.

Pelouses à tontes égales, couleur des volets unifiée, quels que soient le standing et la taille des propriétés… Les barbecues électriques sont tous du même type, sans doute choisi à la majorité absolue par le comité de quartier : modèles écologiques pour saucisses bio.

Le tout dispense une impression de joie de vivre obligatoire et de sérénité d'autruche qui, bizarrement, ne me dépayse pas. Directement passé des faubourgs miteux d'Atlanta aux casernements de West Point pour finir, entre deux contrats, dans un immense duplex de célibataire dominant la baie de San Francisco, je n'ai jamais connu ce style de vie policé, cet habitat semi-collectif où l'harmonie de rigueur dissimule, derrière le comme-il-faut *middle class*, les hypocrisies, les secrets et les turpitudes ordinaires de tout foyer normalement constitué. Et pourtant, depuis que je suis descendu de ma voiture de location pour arpenter la rue, attendant l'heure de mon rendez-vous, *je me sens d'ici.* Mes souvenirs artificiels de Martin Harris se réinsèrent, reprennent racine. Je suis troublé, un peu anxieux, mais je suis en paix. Jamais un homme dans ma situation ne revient sur un lieu appartenant à une mission passée. C'est sans doute l'endroit sur terre où l'on songera le moins à me chercher.

Le 255 est la maison la plus modeste du quartier. Un petit chalet en bardeaux blancs au milieu des ormes et des chênes, conforme à l'image implantée dans ma mémoire. Sur la plaque de la boîte aux lettres, le prénom de Martin perdure, comme sa voix sur l'annonce du répondeur. J'imagine ses costumes dans le dressing, ses chaussures bien cirées et sa brosse à dents fichée dans le verre en compagnie de son dernier rasoir. On fait son deuil comme on peut. J'ai bien gardé le collier de mon chat.

À la demie, je sonne. Petit bourdonnement discret pour respecter le sommeil des oiseaux. Au bout de quelques instants, la porte s'ouvre sur une jeune femme rousse, cheveux courts, regard noisette, sourire tendu.

— Monsieur Willman ?

J'acquiesce d'un air que je voudrais plus naturel. Ça me fait bizarre, après quarante minutes d'immersion dans son environnement, d'être appelé autrement que monsieur Harris. Je me remets en situation. Je suis Glenn Willman, avocat d'affaires à Baltimore, ami d'enfance de Martin, et je me trouve en présence de sa veuve. Je ne la voyais pas comme ça.

— Heureux de vous connaître, madame Harris. Je vous dérange ?

— Si c'était le cas, je vous aurais rappelé, non ? Entrez, je vous en prie.

Je remercie d'un sourire. Sur le répondeur, j'ai donné mon nom actuel, mon numéro de portable, j'ai dit que j'étais de passage à Greenwich ce matin et que je pourrais être chez elle à neuf heures et demie, sauf contrordre de sa part. Je lui ai un peu forcé la main, mais elle n'a pas l'air de m'en tenir rigueur. Elle est aimable, un peu anxieuse, comme moi.

— Vous avez bien connu Martin, alors ? fait-elle, sur la défensive.

Vu la manière dont elle entretient l'illusion de sa présence, parler de lui au passé avec un ami d'enfance ne l'enchante pas forcément. Je réponds d'un ton gêné :

— On s'était perdus de vue, malheureusement. Mais ce n'est pas un homme qu'on oublie.

Pas d'écho. Elle me désigne un fauteuil.

— Voulez-vous du thé, du café ?

— Comme vous voudrez, merci. Le plus simple pour vous.

— Tout est simple quand on est seule.

Elle ponctue sa phrase d'une petite moue navrée.

— Du thé, alors, merci.

Elle s'éclipse, revient presque aussitôt avec un plateau tout prêt. Une théière en porcelaine où trempe un sachet, deux tasses, des rondelles de citron, quatre gaufrettes sous cellophane. Ça s'appelle être attendu. Avait-elle préparé à la cuisine un plateau jumeau avec thermos de café, au cas où ?

Je la regarde emplir les tasses. Quelque chose me gêne en elle. Une précision des gestes, une attention froide qui ne cadrent pas avec son profil. Malgré la douceur triste et la modestie qu'elle affiche, elle n'a rien d'une veuve à prolongations. Chez une actrice, on dirait que c'est un contre-emploi. Svelte et sèche, musculature soignée, boots à lacets, moulée dans un jean de marque et un top sexy. Pas vraiment le genre à garder l'annonce du répondeur ni le prénom du mort sur la boîte aux lettres.

Un autre détail me perturbe : il n'y a aucune photo dans le salon. Aucun portrait de Martin ni de leur couple. Mais, sur les murs, des traces claires et des trous de clous. Je me fais sans doute des idées. Elle s'apprête à repeindre la pièce, les souvenirs sont à la cave ou chez l'encadreur. De toute manière, mon opinion est arrêtée : c'est une fausse sensible qui joue les inconsolables pour la galerie. Voire une allumeuse qui exploite le créneau – ça doit en exciter certains, le côté inaccessible, fermé pour cause de fidélité posthume. En tout cas, il est évident qu'elle force le deuil, qu'elle enjolive. La nécro du journal local la présentait comme décoratrice d'intérieur. Prenons-le au sens figuré.

Je sucre mon thé, tourne ma cuillère en la remerciant pour son accueil. Elle me répond que c'est naturel. Elle ne me pose pas de questions sur le but de ma visite, sur le problème de plante que j'ai mentionné dans mon premier message. Elle attend. L'air de rien, le sourire en suspens. Elle n'attend pas que je parle. Elle attend que je boive.

Je porte la tasse à mes lèvres, suspends mon geste à mi-course. Une tension imperceptible dans son regard. Je dis que c'est chaud. Je repose ma tasse. Elle prend la sienne, confirme. J'enchaîne, d'un ton dégagé :

— J'ai passé toute mon adolescence avec Martin, mais on s'est quittés au moment d'entrer à l'université. Je n'avais pas les moyens d'aller à Harvard, comme lui.

Elle compatit, sans sourciller. Martin non plus n'est pas allé à Harvard. *Master of Forestry* à Yale. Je reprends ma tasse, souffle sur le thé. Visiblement, j'ai hâte de boire. Elle se détend. Je respire discrètement l'Earl Grey. Derrière la bergamote, une pointe d'amande. Cyanure. Pour en avoir le cœur net, je lance d'un air badin :

— Vous n'aimez pas les Bentley ?

Pincement au coin des lèvres. Elle plonge d'un coup la main dans sa poche fessière. Je lui balance mon thé au visage. Elle bondit en étouffant un cri, fait jaillir son cran d'arrêt. Je la désarme, la retourne d'une clé au bras. Elle se plie aussitôt, me fait passer par-dessus son épaule. Rétablissement, coup de boule.

Elle percute le mur, revient à la charge d'une prise de karaté que j'esquive en lançant la jambe : elle tombe en arrière. D'une roulade, elle récupère son couteau. Je n'ai que le temps de plonger en avant ; la lame s'enfonce dans la bibliothèque au-dessus de moi. À l'instant où je vais me relever, son pied s'abat violemment sur mon dos. Je bloque sa cheville, l'envoie bouler en me retournant sur le tapis. Sa nuque heurte de plein fouet le rebord de la cheminée. Je la regarde glisser mollement sur le panier à bûches. Elle ne bouge plus, regard fixe.

Je vérifie le décès. Mauvaise recrue. Plus douée en explosifs qu'en close-combat. Mais si c'est bien elle qui a piégé la Bentley, comment savait-elle que j'ai survécu ? Elle aurait planqué toute la nuit à l'extérieur du château, m'aurait suivi jusqu'à Heathrow ? Ça veut dire qu'elle a pris le même avion, loué une voiture plus rapide pour arriver ici avant moi et se substituer à Liz Harris. Elle connaissait donc l'heure de mon rendez-vous. Je n'étais pas seulement pisté ; j'étais sur écoute.

Je tends l'oreille, retenant mon souffle. Aucun bruit dans la maison. Je ramasse le couteau à cran d'arrêt et quitte le salon sur la pointe des pieds. Liz Harris est peut-être bâillonnée dans une autre pièce, gardée par un complice. Ou, plus vraisemblablement, la rousse l'a tuée avant de retirer ses photos du mur.

Je traverse l'entrée, sur mes gardes, m'engage dans un couloir tapissé de diplômes universitaires. À nouveau, je me sens en terrain familier. J'ai l'impression de connaître par cœur cet intérieur, de marcher dans mes pas, de laisser faire l'automatisme. Deuxième porte à gauche. La chambre. Notre chambre. Ce n'est pas une intuition. Je ne le devine pas : je le sais. Comme si les souvenirs de Martin me guidaient. Comme si j'étais sa mémoire externe.

Dès le seuil, j'aperçois le lampadaire renversé, les livres épars, le vase brisé, le miroir fendu en toile d'araignée. Liz Harris gît sur le sol, dans une chemise de nuit en dentelle d'autrefois, les jambes pliées, les bras en équerre.

Je tombe à genoux, lui touche la carotide, prends son pouls, soulève ses paupières. Une seringue vide est posée sur la table de chevet. Je renifle l'aiguille. Du ZNB, certainement. L'anesthésique le plus foudroyant, qu'emploient les dentistes dans les zoos et la Section 15 pour éviter les cadavres inutiles. C'est aussi efficace que dénué d'effets secondaires.

Je présume que la rousse, après m'avoir éliminé, comptait réveiller Liz pour s'assurer qu'elle n'avait parlé de moi à personne. Puis elle aurait fait sauter la maison en laissant croire à une fuite de gaz, comme à Sheldon Place. Elle a dû entrer au petit jour en crochetant la serrure de la cuisine – j'aurais remarqué des traces d'effraction sur la porte principale. Liz a entendu un bruit dans son sommeil, s'est levée, s'est débattue avant d'être anesthésiée.

J'interromps d'un coup mes déductions. Je ne suis pas censé savoir qu'il y a une porte dans la cuisine, à l'arrière de la maison. Une porte-fenêtre en ogive au centre d'une véranda, comme l'image m'en est venue à l'instant. Rien ne le laisse supposer, quand on arrive de la rue. Encore une information que le Dr Netzki a dû entrer par hypnose dans mes souvenirs – mais pour quoi faire ?

Repoussant la tentation d'aller vérifier sur place, je reste immobile à contempler la veuve de Martin Harris. Elle est brune, plutôt grande, des formes généreuses et des attaches fines. Rien à voir avec la planche à pain bodybuildée qui gît à côté. Instantanément, les surimpressions se dissipent autour de cette belle femme endormie dans ses dentelles de grand-mère.

Je la prends dans mes bras, et je l'étends lentement sur son lit, envahi par son parfum de rose ancienne. Ce que je ressens est une véritable onde de choc. Je ne la reconnais pas *elle*, mais je reconnais l'émotion en moi. Je reconnais l'empreinte.

En douceur, je pose sa tête sur l'oreiller encore chaud. Comme si je la recouchais pour qu'elle continue sa grasse matinée, pendant que je prépare notre petit déjeuner. L'évocation du rituel d'autrefois me serre le ventre. Je sens les odeurs, le café, les toasts, le bacon dans la poêle, j'entends le grésillement, le déclic du grille-pain. Tout ce que je n'ai jamais connu dans une vie de couple. Et pourtant ce passé paraît tellement plus *vrai* que le mien… Les pans de mémoire que l'hypnotiseur m'a injectés s'emboîtent à merveille dans le décor de Martin. Comme si j'avais réellement vécu ici.

Je revois la silhouette informe du Dr Netzki, son débraillé hirsute, l'acuité de son regard. Tant de perfectionnisme inutile m'avait toujours bluffé chez ce trafiquant d'âmes. Aussi mégalo qu'obsessionnel, il me faisait penser à ces compositeurs qui mobilisent un orchestre symphonique pour enregistrer dix secondes de jingle. Chef d'un service de neuropsychiatrie au KGB, racheté par la Section 15 lors de l'effondrement du régime soviétique, il m'avait créé en vingt ans une cinquantaine de personnalités conformes à mes divers passeports. « Ce qui m'intéresse dans la couverture, disait-il, c'est le drap du dessous. » Chaque fois qu'il refaisait le lit de mon subconscient avec une identité nouvelle, duplicata d'un individu réel ou pur produit de son imagination, c'était le même principe, la même méthode. Il mettait un point d'honneur à m'imprimer dans le cerveau un égal dosage d'informations claires et de zones d'ombre, de cohérence et de contradictions, afin de reconstituer l'apparente vérité d'un être humain. Une vérité capable d'abuser un détecteur de mensonge – il effectuait toujours le test avant de me déclarer *viable*.

Observant ses créatures à la manière d'un cloneur de laboratoire, épaté que la nature humaine lui obéisse et parfois même le dépasse, il avait considéré « mon » Martin Harris – désastre absolu pour la Section 15 – comme le couronnement de sa carrière. Je revois son incrédulité et sa jubilation en m'entendant relater, pour prouver en toute sincérité mon identité factice, des événements clés, des souvenirs d'enfance, des secrets d'alcôve qu'il ne m'avait jamais programmés. Je le revois s'émerveiller devant cette faculté que possède le cerveau, pour peu que le coma le débranche un temps de l'adaptation au réel : développer tout un monde intérieur *logique* à partir d'un corps étranger greffé dans la mémoire. En recouvrant par la suite mon entière lucidité, je n'ai fait qu'amplifier le phénomène. *De mon plein gré*, j'ai poursuivi l'assemblage du caractère dont Netzki m'avait fourni les pièces détachées. S'il était encore de ce monde, il serait fier de moi.

J'observe le sommeil de Liz. Ma main s'égare dans ses cheveux, lisse ses longues mèches, caresse son front, sa tempe, descend vers sa nuque, remonte... Un léger spasme agite son corps.

Je détourne les yeux. Sur sa table de chevet, derrière la seringue, sont posés ses boucles d'oreilles, son réveil et un cadre en argent où Martin débouche du champagne dans son costume de marié. Il est châtain clair, léger, rieur, solaire. C'est la première fois que je vois le vrai visage de celui que j'ai cru être. Ses traits ne me disent rien, ne nous ressemblent pas. Aucune inquiétude, aucun doute, aucune rage. Il a vingt ans, c'est vrai, sur ce cliché. Je n'étais pas moi-même, non plus, à cet âge. Un soldat d'élite qui croyait à des valeurs. Un cadet prêt à se faire tuer pour ses compagnons d'armes.

De l'autre côté du lit, sur la table jumelle, il y a ses affaires à lui. Sa montre, ses boutons de manchettes, ses lunettes à cheval sur un traité de botanique, entre une orchidée et un bougeoir. Ce n'est pas une chapelle ardente ; c'est un instantané figé. Leur décor de tous les jours immortalisé dans la dernière nuit commune.

Je me sens – c'est si tordu et dérisoire que j'ose à peine le formuler –, je me sens *flatté*. Ému jusqu'au fond de l'ego devant la pérennité de cette passion. Liz ne triche pas. Elle ne l'a pas effacé, remplacé, archivé. Elle n'a pas fait son deuil, elle n'a rien jeté, rien donné. Mon intuition était juste : chaussures et vêtements d'homme occupent un tiers du dressing attenant à la chambre. Elle a tout laissé en l'état. Comme s'il allait revenir.

Alors je fais une chose totalement incongrue, vu les circonstances. Cédant à un élan aussi soudain que naturel, je m'allonge à ses côtés. *À ma place.* Et là, sur cet oreiller qui ne s'est plus creusé depuis trois ans, à quelques centimètres de cette veuve au bois dormant, j'éprouve brusquement dans ma chair le seul effet auquel je n'étais pas préparé.

Mais ce n'est pas simplement l'envie de cette femme qui me met dans cet état. C'est l'envie *du tout*. De cette histoire d'amour, de cette maison, de ce temps figé, de ce retour aux sources… De cette vie. Je veux la réintégrer. Je veux retrouver Liz. Comme si j'étais l'âme de son mari venue coloniser un corps en déshérence, une pensée à l'abandon. Steven Lutz a déserté, Martin Harris a investi la place. Je ne me sens pas envahi, mais libéré. Et une immense gratitude se diffuse en moi.

Je me redresse sur un coude, détaille ses formes. La respiration a fait glisser l'échancrure de sa chemise de nuit. Lentement j'avance une main, écarte le tissu, découvre sa poitrine. Je n'agis pas sous emprise. C'est mon désir d'homme qui anime mes doigts, mais je sens ces pulsions susciter un tel acquiescement, une telle reconnaissance au fond de moi qu'aucun scrupule, aucune gêne ne m'arrête. Martin se sert de mon corps, voilà. Je suis autorisé à poursuivre. Encouragé, même.

Je la dénude, comme si c'étaient des retrouvailles. Elle a de vraies hanches, des seins magnifiques, un peu lourds, l'aréole est très claire, entourée de grains de beauté. L'attouchement n'altère pas son sommeil, provoque juste un léger feulement dans sa gorge. Je caresse ses longues jambes, parcours de mes lèvres et de mon nez sa peau soigneusement épilée, comme si elle s'était préparée à l'amour. Nos respirations

s'accélèrent au même rythme, se suspendent, se cher-
chent et se répondent, à la façon d'un orchestre qui
s'accorde.

Le contact de ma langue avec la moiteur de son
sexe interrompt brusquement le charme. Je sens une
crispation, comme si Martin n'aimait pas. Comme si
mes réflexes et mes goûts créaient un parasitage, un
problème de transmission.

Je me redresse, remonte la chemise de nuit, rhabille
notre femme dans un retour de sensualité douce. J'ai
souvent tué, mais jamais violé ; je ne vais pas commencer sous le couvert d'un autre. Si quelque chose doit
se passer entre Liz et moi, elle sera consentante. Je
n'ai fait, par procuration, que reconnaître le terrain.

Je ramène la couette sous son menton, et je
retourne au salon m'occuper du cadavre.

Dans le sac en cuir beige, j'ai trouvé un passeport au nom de Julianne Miller, citoyenne américaine, quelques accessoires de la Section 15 indétectables aux contrôles d'aéroport, une clé de Mercedes et un portable en mode silence. Le signal d'un nouveau SMS clignotait sur l'écran. Je l'ai ouvert. Message vide, reçu dix minutes plus tôt. Je connaissais le numéro.

Je me suis allongé sur le sol pour me prendre en gros plan, traits figés, regard exorbité, langue sortie – la procédure exigée quand la Section emploie un sous-traitant. J'ai vérifié le réalisme de ma photo, et je l'ai transmise en réponse. *Message envoyé.*

J'ai patienté quelques instants devant le fond d'écran, une piste de ski au soleil couchant, puis j'ai empoché le téléphone. Je suis allé vider le thé dans l'évier, j'ai lavé, essuyé, rangé les deux tasses. La cuisine était bien telle que je l'avais imaginée, avec sa véranda, sa porte en ogive et sa serrure fracturée.

Je suis sorti. La clé de voiture à la main, j'ai remonté l'allée jusqu'au trottoir où j'ai pressé la commande d'ouverture à distance. Au coin de la rue, sur la gauche, une Classe E a répondu en clignant des phares. J'ai attendu que les joggeurs d'en face aient disparu, et je l'ai rentrée dans le garage attenant à la maison, entre la tondeuse à gazon et la vieille Ford bleu ciel. Cinq minutes plus tard, le corps de Julianne Miller gisait dans le coffre de sa Mercedes, que je suis allé garer au deuxième sous-sol d'un parking de centre commercial.

Moteur coupé, j'ai ressorti son portable de ma poche. Elle avait reçu la réponse à mon envoi : « Demain midi, même endroit. » Sans doute pour la remise du solde ; la Section procédait toujours par paiement fractionné, quand elle utilisait les services d'un « extérieur » – recours indispensable dans mon cas : je connaissais tous mes collègues.

Demain midi. Au moins les choses étaient claires : je savais de quel répit je disposais. J'ai éteint le téléphone pour qu'il ne soit plus localisable, et je l'ai glissé dans le vide-poches. De retour à la surface, j'ai jeté la clé de la Mercedes dans une bouche d'égout, et mes gants dans une poubelle du centre commercial. C'est là que je me suis dit : « Muriel est vengée. » Il était dix heures vingt.

***

Je rentre en courant à travers bois. Il fait beau, l'air est vif, je me sens bien. Hormis ce qui relève de l'instinct de survie, je ne comprends plus trop comment je fonctionne. En décalage total avec la situation, j'éprouve un sentiment de liberté assez grisant. Non seulement rien ne m'inquiète, mais la conscience de mon avantage provisoire me donne des ailes. Ce temps gagné, je le savoure autant que la nostalgie vivifiante que m'inspire cette forêt. Je connais le chemin. *Je rentre chez moi.*

Une fois encore, je rends hommage à la maniaquerie du Dr Netzki. À son obsession du détail inutile, celui qui fait la différence. L'ambiance du quartier, l'architecture, l'aménagement intérieur, la marque et la couleur de la voiture, ce sentier balisé aux odeurs familières... Seule ma veuve est une surprise. Et encore. Depuis ce premier contact, les sentiments qu'on m'a programmés envers elle acquièrent une cohérence, une profondeur qui me troublent sans vraiment m'étonner.

J'accélère. La maison est en vue, au bas du coteau. Je prendrais bien un café, maintenant. Si Liz s'est réveillée entre-temps, je n'aurai qu'à dire que j'ai poursuivi en vain la cambrioleuse que j'ai dérangée en sonnant chez elle. Pour le reste, tout dépendra de la réponse que je suis venu chercher.

Au rythme de mes foulées dans les feuilles mortes, respirant les effluves d'humus et de champignons écrasés, je me laisse aller à une allégresse que je n'ai jamais éprouvée dans la peau de Steven Lutz. Est-ce le caractère de Martin qui continue de déteindre, ou l'excitation émue que sa femme a éveillée en moi ?

Je suis confiant. J'ai la vie devant nous.

Quand elle reprend connaissance, je ne lui laisse pas le temps de s'alarmer de la présence d'un inconnu dans sa chambre. Je dis que je suis l'ami d'enfance de Martin, celui qui a laissé deux messages sur son répondeur. En venant lui rendre visite, j'ai surpris une furie qui m'a agressé et s'est enfuie dans les bois avant que j'aie pu la rattraper. Dois-je appeler un médecin, la police ?

Liz Harris me contemple de son regard embrumé, sur lequel les paupières se referment par à-coups. Ma proposition demeure sans écho. De toute manière, j'ai arraché les fils de son téléphone fixe et jeté son portable dans la rivière derrière la maison. Avant toute chose, je veux qu'elle réponde à la question qui m'a amené ici.

D'une voix empâtée, elle murmure une phrase dont la force de conviction sereine me coupe le souffle :

— Martin me protège, de là où il est, je le sais… C'est lui qui vous a envoyé, juste au moment où il fallait. Monsieur…

Les points de suspension meurent sur ses lèvres. Je donne le nom de mon passeport. Et je le sors aussitôt pour appuyer mes dires, comme un brave type qui aurait peur d'être pris pour le complice de son assaillante. J'achève de la rassurer en précisant que je suis avocat. Elle hoche la tête, esquisse un pâle sourire, se redresse dans le lit, boit le café que je lui tends. Son regard parcourt la chambre, vérifie les objets sur les tables de chevet. Elle fronce les sourcils devant la seringue.

— On vous a injecté un sédatif, c'est tout. Ça va ?

Je vois les souvenirs de l'agression se reformer dans ses yeux. Elle repose la tasse, prend conscience de sa tenue, remonte la couette sur sa chemise de nuit. Elle demande :

— Ils étaient plusieurs ?

— Je n'ai vu que cette femme. Rousse, les cheveux courts…

— Oui. Je peux la décrire parfaitement. J'appelle la police.

Elle tend un bras flageolant vers le téléphone au pied du lit, renonce à l'effort, retombe au creux de l'oreiller.

— Ça tourne. Je peux avoir du café, encore ? Vous le faites très bien.

Je laisse mon silence exprimer ce qui peut ressembler à de la modestie. Je n'ai pas trouvé de cafetière électrique. Juste un moulin, de l'arabica en grains, un antique cornet à filtre et un thermos. J'imagine que j'ai reproduit les gestes de son mari, comme elle les pérennise chaque jour. Même si c'est dû au décalage créé par l'anesthésique, je suis bouleversé de la voir trouver si naturel que j'aie investi sa cuisine pendant son sommeil.

— Pourquoi elle m'a droguée ?

Je me compose un ton juridique pour supposer que la cambrioleuse, si jamais elle ne trouvait ni argent ni bijoux, comptait se faire donner la combinaison du coffre.

— Je n'ai pas de coffre. Il n'y a rien à voler. À part...

Elle désigne du menton les boucles d'oreilles sur la table de chevet, puis le sac à bandoulière près de la chaise renversée. Je le ramasse, le lui tends. Elle vérifie l'intérieur.

— Il ne manque rien ?

— Non, c'est bon... Je vous retrouve à la cuisine.

Je propose de l'aider à se lever. Elle décline l'offre. Je n'insiste pas, et je vais refaire du café.

Un quart d'heure plus tard, elle me rejoint, les cheveux entourés d'une serviette, vêtue d'un pantalon en toile blanche et d'un polo à manches longues. J'ai préparé des œufs au bacon, des crêpes et des toasts. Sur le seuil, elle regarde mes déplacements, mes gestes, mes hésitations d'un placard à l'autre pour dresser la table du petit déjeuner. Ce n'est pas simplement par pudeur qu'elle m'a envoyé aux fourneaux pendant qu'elle prenait sa douche. Je sens bien l'émotion que lui donne le fait d'entendre et de voir un ami de Martin dans sa cuisine de femme seule. Un ami d'enfance qui l'a connu avant elle.

Elle se dirige lentement vers la table en carreaux de faïence où j'ai disposé deux sets, s'assied. Elle me regarde remplir son bol, son assiette. Depuis quand personne ne s'est-il occupé d'elle ? Je la sens à la fois sous le charme et sur ses gardes. En crevant ses jaunes d'œufs à la pointe de son toast, elle m'écoute éclairer les zones d'ombre qu'elle n'aurait pas manqué de relever, si ce n'est déjà fait : pourquoi son mari ne lui a jamais parlé de moi, pourquoi je ne figure sur aucune photo de ses jeunes années, pourquoi je ne suis pas venu à ses obsèques…

Entre deux bouchées, je pioche dans la mémoire de Martin. Je dis qu'on a grandi ensemble à Disneyworld où travaillaient ses parents, lui comme jardinier taillant des Mickey dans les ifs, elle comme vahiné au room service du Polynesian Hotel. Moi, j'étais le fils du directeur. Enfance de rêve. On jouait aux Indiens dans cette jungle apprivoisée, on avait les attractions pour nous tout seuls aux heures de fermeture, on explorait sans fin les coulisses du Train fantôme et du Pays des pirates. Martin m'apprenait les secrets de son père, le langage des végétaux, l'écologie. On donnait des corn flakes aux plantes carnivores dans l'espoir de les rendre végétariennes, on implantait des couleuvres dans les massifs d'hibiscus afin qu'elles mangent les larves de moustiques, pour réduire les traitements insecticides qui empêchent les feuilles de respirer…

Et puis, un jour, sa mère s'est enfuie avec le banquier allemand de la suite 3124. C'est là que j'ai perdu de vue Martin, à treize ans. Son père s'était mis à boire et le mien a dû le licencier, à force de le voir tailler dans les buissons des grands-mères Donald qui se faisaient culbuter par le capitaine Crochet. Les Harris ont émigré à Coney Island, où l'ivrogne est devenu gardien d'un grand huit désaffecté, tout en ruinant sa santé dans des concours de mangeurs de hot-dogs pour financer les études de son fils. Mon copain d'enfance m'a envoyé une carte postale, à dix-neuf ans, quand le champion est décédé des suites de ses victoires, et puis chacun a suivi sa route…

Liz m'écoute en mâchant, captivée. Des haussements de sourcils ponctuent les libertés que je prends avec la biographie de Martin. Toutes ces déductions, tous ces prolongements que mon inconscient a tirés de la documentation greffée par hypnose. Tout le supplément d'âme, les traumatismes et les conflits que je lui ai façonnés à partir des miens. Liz est perplexe, mais rien ne l'autorise à conclure que c'est moi qui déforme, qui extrapole et invente. Martin avait très bien pu, de son côté, embellir ou noircir la version de ses débuts dans la vie. La somme d'humiliations et de rêves cassés dont il était le produit.

— Et comment vous vous êtes retrouvés ?

— Un jour, par hasard, j'ai découvert ses publications sur les orchidées dans la revue *Nature.* Je lui ai envoyé un mot de félicitations.

— Elles sont délicieuses, vos crêpes.

— Je vis seul.

Elle hoche la tête, comme si l'explication allait de soi. Elle regarde l'heure, allume la radio pour un flash d'infos régionales qui parle de bouchons résorbés, de travaux de voirie et de promotion sur les accessoires de piscine. Elle écoute attentivement la météo, puis baisse le volume. On a vidé la cafetière et terminé les crêpes quand enfin elle s'informe :

— Cette plante dont vous me parliez, sur le répondeur, celle qui vous pose un problème… De quoi s'agit-il ?

Je couche mes couverts dans mon assiette, et relève les yeux en prononçant les phrases que j'ai eu tout loisir de polir dans ma tête :

— En fait… j'ai retrouvé la semaine dernière, en rangeant mon bureau, une lettre non ouverte datée d'il y a trois ans. Elle avait glissé entre deux dossiers. Martin me donnait son adresse et son téléphone, me demandait de le contacter au sujet d'une plante…

Je m'interromps. Elle attend la suite, les doigts crispés sur sa serviette, le souffle en suspens, avec une anxiété qui me surprend.

— De le contacter… en tant qu'avocat ?

J'acquiesce en abaissant les paupières. Elle avale sa salive avant de me demander, sur la pointe de la voix :

— Et… il vous donnait le nom de cette plante ?

Je ne m'attendais pas à une telle émotion. L'herbacée grimpante a-t-elle investi ses rêves, à la mort de Martin, avec la même insistance que je subis chaque nuit ? Je laisse passer quelques secondes avant de lâcher les trois syllabes qui vont confirmer ou non le trouble qui s'est installé entre nous :

— Kimani.

Elle ferme les yeux, respire profondément, garde la tête droite un instant, puis éclate en sanglots au creux de ses bras croisés. Je la regarde pleurer, pris de court. J'hésite à la questionner, à la toucher. Je me lève pour refaire du café. Que représente cette plante pour elle, par rapport à Martin ? Quelle place tient-elle dans leur histoire ? Ce ne sont pas de simples larmes de nostalgie. C'est plus fort. Plus profond qu'un souvenir.

Au bout de quelques instants, elle repousse sa chaise, part dans le couloir, monte à l'étage. Je l'entends ouvrir des portes. Elle redescend, me tend une feuille cartonnée. C'est à mon tour d'encaisser le choc. Peinte à l'aquarelle avec la précision d'une planche de botanique, la plante rouge aux feuilles dentelées terminées par des vrilles est exactement celle que je vois dans mes rêves.

Je sors mon portefeuille, tends à Liz le papier où je l'ai moi-même dessinée. Ses doigts le déplient en tremblant. Elle est blême. Ses lèvres remuent en silence avant d'articuler lentement :

— Personne ne connaît cette plante, Glenn… Il n'existe aucune photo.

Elle compare les deux illustrations, la belle aquarelle et mon croquis minable, mais fidèle.

— Ce n'est pas Martin qui vous a envoyé ça… Ce n'est pas lui qui a fait ce dessin.

— C'est moi.

— À partir de sa description ?

— Non. C'est ce que j'ai vu en rêve.

Une grande perplexité se lit dans son regard. Une réticence, une suspicion, la peur de perdre pied, de s'emballer pour rien... Je ne sais pas.

— Mais son nom... C'est bien lui qui vous l'a donné.

— Oui, sauf que... Des semaines avant d'ouvrir sa lettre, je me réveillais déjà avec ce mot dans la tête. *Kimani.* J'ai cherché partout ce qu'il pouvait signifier...

— Je ne peux pas vous croire.

J'écarte les bras, résigné. Et encore, j'ai inventé l'étape intermédiaire d'un courrier pour donner à l'information des bases rationnelles. Elle ajoute :

— Ce serait trop beau.

L'espoir fou qui tord sa voix dans un sourire me chavire. Elle corrige :

— Non. C'est trop beau pour ne pas être vrai. Et je sais de quoi je parle.

Elle s'est rassise à côté de moi, nous a servi du jus d'orange, et elle m'a raconté l'histoire de la plante.

Elle crispait sa main dans celle de Martin. C'était un jour de neige au Memorial Hospital, ils faisaient face au chirurgien qui venait de parcourir les dernières analyses. Il a relevé les yeux. Il souriait. Il a dit à Liz que sa mine était superbe et son état remarquable : il n'avait jamais vu une récupération aussi rapide après ce genre d'opération. Elle l'a interrompu sèchement : qu'il lui dise la vérité en lui faisant grâce des fioritures. Docile, il a aussitôt enchaîné sur le ton neutre d'un bulletin météo :

— C'est un glioblastome stade 4, une tumeur extrêmement invasive. Je n'ai pu en retirer que quatre-vingts pour cent, pour ne pas léser le centre de la parole, mais elle peut métastaser à n'importe quel endroit du cerveau, avec une rapidité foudroyante.

Sous le choc, elle s'est entendue dire merci. Encouragé, il lui a porté le coup de grâce :

— Mais ce n'est pas une raison pour exclure la possibilité d'une rémission.

— Combien de temps ?

— Statistiquement, entre un et deux ans. Vous commencez après-demain le protocole STUPP : trois mois de rayons et chimio, puis six mois de chimio à haute dose une fois par semaine, après quoi…

— Non.

Sur sa lancée, il a décrit la moitié de l'étape suivante avant de prendre en compte l'interruption.

— Vous dites non dans quel sens ?

— Dans le sens négatif. Quitte à mourir, je préfère que ce soit de la maladie plutôt que du traitement, et à l'endroit de mon choix. Je pars samedi pour l'Amazonie avec Martin, s'il est d'accord.

Elle l'a interrogé du regard. Pour toute réponse, il a accentué la pression de sa main. Elle s'est levée, légère.

— Joyeux Noël.

Et elle est sortie du bureau, au bras de son mari.

Le voyage de prospection en Amazonie équatorienne était prévu depuis trois mois, organisé par les Banks. Helen était la meilleure amie de Liz, et Gordon dirigeait Hessler & Peers, le numéro 1 mondial des cosmétiques, qui employait Martin comme consultant ponctuel pour ses crèmes de beauté à base de plantes. Liz leur avait caché l'attaque cérébrale et l'opération d'urgence ; elle ne leur avait parlé que de ses migraines. Seul Martin était au courant de la gravité de la tumeur, et de l'issue fatale à brève échéance. Il n'avait pas influencé son choix, mais il ne pouvait que l'approuver. Ce voyage était pour eux à la fois un suicide et un ultime espoir. Quand la médecine officielle ne peut plus traiter un mal incurable que par l'acharnement thérapeutique, les chamanes, eux, demandent aux plantes d'aider le corps spirituel à rétablir l'équilibre physique.

Dans le village yumak où il avait déjà séjourné deux fois pour étudier et décrire la pharmacopée locale, Martin n'a pas eu besoin d'exposer la situation. Le vieux chamane Juanito a tout de suite posé ses mains sur le crâne de Liz. Puis il est parti dans la forêt chercher l'espèce adaptée à son cas.

La nuit même, pendant la transe collective où les Indiens se connectent aux végétaux en se droguant avec leur sève, Juanito broie la kimani dans un bol en bois, la dilue dans de l'eau boueuse et invite Liz à la boire. Ça ne fait qu'empirer ses douleurs crâniennes et sa fatigue; elle tombe de sommeil devant le feu de camp.

Gordon Banks, lui, malgré les mises en garde de Martin, veut goûter à la plus célèbre des plantes chamaniques, l'ayahuasca, comme on partage poliment un pétard dans une soirée chez des amis. C'est un jeune technocrate mal décongelé qui dissimule, sous des prévenances serviles, la rancœur d'avoir dû épouser une potiche encombrante dans l'intérêt de sa carrière. Helen est la fille unique de Virginia Hessler, actionnaire majoritaire, et il ronge son frein dans l'espoir d'hériter un jour la multinationale. Mais les plantes hallucinogènes ont souvent pour effet d'exalter la véritable nature de l'individu. Pris d'un accès de violence incoercible envers Helen, Gordon lui balance au visage le bol de mixture végétale que Liz n'a pu terminer. Les Indiens le calment en lui ouvrant des bières.

Jusqu'à l'aube, les chants rituels *icaros* poursuivent leur dialogue avec les esprits de la forêt, tandis que les invités dorment d'un sommeil de plomb qui, au réveil, n'a rien eu de réparateur. Gueule de bois, migraine, nausées, déprime... Seul Gordon Banks est volubile, émerveillé, radieux : le visage de sa femme, là où elle s'est frottée pour retirer la décoction, ne présente plus aucune ride. Elle paraît dix ans de moins. La kimani se révèle un prodigieux réactivateur de cellules, capable de régénérer les tissus en moins de douze heures. Gordon est aux anges : il vient de découvrir le Saint-Graal, la plante de jouvence absolue.

Les névralgies crâniennes de Liz les forcent à abréger le voyage. Dès leur retour, elle repasse une IRM. Son cancérologue n'en revient pas : non seulement la tumeur n'a pas métastasé, mais elle a totalement disparu. L'intense activité neuronale qui refait les connexions dans son cerveau peut expliquer les migraines. Le reste dépasse l'entendement.

— Je vous garde sous suivi constant, décrète le spécialiste.

Elle consent de bon cœur. Elle se fait l'effet d'une libérée sous caution astreinte à résidence, contrainte dérisoire au regard de la bombe à retardement que la plante a désamorcée dans sa tête.

— Ne vous réjouissez pas trop vite, tempère le médecin, comme vexé par la réussite d'un traitement qui n'est pas le sien. Vous m'avez demandé la vérité, je vous la dis. Une tumeur de ce type est toujours susceptible de revenir. Vous aurez à jamais dans le crâne une épée de Damoclès.

Elle lui répond aimablement qu'elle lui a demandé la vérité, et non un contresens. L'épée de Damoclès n'est pas *à l'intérieur* de la tête du courtisan grec, mais *suspendue* au-dessus de lui par un crin de cheval tandis qu'il festoie, afin de lui rappeler la précarité du bonheur – ce qui a pour seul effet de décupler son appétit. Le cancérologue se lève d'un coup pour signifier la fin de l'entretien.

Quand Martin court annoncer le miracle à Gordon Banks, celui-ci l'écoute d'une oreille et conclut à un simple effet placebo. La propriété *réelle* de la plante, prouvée en laboratoire sur le spécimen qu'il a sorti clandestinement d'Équateur, c'est son pouvoir régénérant sur l'épiderme. Dix fois supérieur à celui de l'orchidée ou du champignon chinois de « l'éternelle jeunesse ». Le groupe Hessler & Peers vient de déposer un brevet sur la kimani, tout en achetant au gouvernement équatorien le dernier territoire où elle pousse encore, la pollution et le déboisement l'ayant fait disparaître des autres écosystèmes – comme le confirment les correspondants que Martin interroge dans le monde entier.

Effaré par la machine industrielle et financière qui s'est mise en route, il s'épuise à plaider en vain la cause du peuple yumak, propriétaire historique du sol et découvreur de la plante.

— Ils n'ont rien publié, si ? répond Gordon Banks d'un ton goguenard. Bon. La kimani n'est répertoriée nulle part, elle est donc libre de tous droits – ce n'est pas à toi que je vais l'apprendre. Ne t'inquiète pas pour tes Indiens : ils ne seront pas délocalisés, on conserve leur réserve. Je tiens à ce que nous sortions une crème de jeunesse équitable. D'ailleurs ils ont tout à y gagner : grâce à nous, leur territoire sera enfin protégé contre les pétroliers. Trois compagnies, je te signale, ont fait au gouvernement une offre d'achat que nous avons dû tripler. Mieux vaut cueillir leurs plantes que forer leur sous-sol, non ? Allez, tous mes vœux de rétablissement pour Liz.

Le cynisme écologique et serein du directeur général laisse Martin sans voix. Alors il entreprend de décrire la kimani pour une revue scientifique, seul moyen de s'opposer à l'obtention officielle d'un brevet qui, en confisquant la plante au seul profit du groupe Hessler, la détourne d'un possible usage médical. Mais, avant d'avoir achevé son article, Martin meurt d'une crise cardiaque dans son bureau du premier étage, pendant que Liz est chez le coiffeur.

Elle me ressert un verre de jus d'orange. Je suis tétanisé sur ma chaise de cuisine. J'avale une gorgée. Avec une impatience inquiète, elle attend ma réaction, mes commentaires. Comment lui dire à quoi j'ai pensé aussitôt ? Tant de poisons peuvent provoquer un arrêt du cœur sans laisser de traces dans l'organisme – je suis bien placé pour le savoir. Si la mort de Martin est un meurtre, son commanditaire peut être aussi bien la firme Hessler que la Section 15.

— Ça ne va pas, Glenn ?

Je hoche la tête, m'efforce de lui sourire.

— Vous me disiez tout à l'heure avoir l'impression que Martin vous protège… Vous pensez que c'est lui qui est venu dans mes rêves pour me parler de cette plante ?

— Non.

La vigueur de sa réponse m'étonne. J'avais pourtant l'impression qu'elle était ouverte à l'irrationnel. Elle enchaîne sur un ton de certitude :

— C'est la plante qui vous a parlé directement.

Le tic-tac sourd de la vieille horloge ponctue le silence dans nos regards. Je ne sais sur quel ton lui répondre. Quel discours lui tenir en écho. Ce n'est pas une fanatique, c'est une miraculée. Elle n'a pas besoin de convaincre, d'argumenter pour se persuader elle-même : elle *sait*. Elle a la preuve dans sa chair. Il est donc inutile d'abonder dans son sens, de s'inscrire en faux ou de la pousser dans ses retranchements.

Je me contente de répéter sa phrase, sur un ton neutre ouvert à toutes les interprétations :

— La plante m'a parlé directement. Qu'entendez-vous par là ?

— Je ne veux pas vous en dire plus, Glenn, je le ferais mal. De formation, je suis décoratrice, moi ; je n'ai rien d'une scientifique. Mais si Martin vous a envoyé cette lettre, ce n'est pas seulement à l'avocat qu'il s'adressait. Ni à l'ami d'enfance. Vous partagez sa passion, n'est-ce pas ?

Je soutiens son regard. J'abaisse les paupières. Visiblement, elle attend que je développe. Alors je lui dis que oui, les travaux de Martin me captivent. J'ai lu toutes ses publications officielles, depuis l'article sur les orchidées dans *Nature*, j'ai ingurgité ses connaissances, ses théories, ses expériences – à distance, et sans retour. J'étais sûr qu'il m'avait oublié, depuis notre adolescence. Ma réussite professionnelle est indéniable, mais c'est lui que j'enviais, lui le petit pauvre des faubourgs de Disneyworld. C'est lui qui avait fait quelque chose de sa vie à partir de rien, tandis que je m'étais contenté de reprendre le cabinet prestigieux fondé par mon grand-père à Baltimore. C'est lui qui me faisait rêver. J'avais tout appris dans ses pages, tout ce qui me permettait de m'évader, d'être autre chose que celui qu'on voyait en moi, d'oublier mes rapports de force, mon génie du bluff, mes roueries de juriste...

Les mots tombaient de mes lèvres, improvisés, sincères. Une imposture en appelle une autre, fatalement, quand il s'agit de faire vrai, mais là je n'avais pas à me forcer. J'étais *aussi* cet avocat tortueux et insatisfait qui tentait de se fuir à travers le monde végétal d'un ami d'enfance.

Je me suis mis à parler de l'if, cet arbuste que le père de Martin taillait en forme de Mickey et auquel lui-même avait consacré une thèse, prouvant son action spectaculaire sur le cancer du sein, de l'ovaire et du poumon. Mais là où il m'avait le plus épaté, c'est sur mon terrain juridique, le jour où, suite à un crime sans témoin perpétré dans une serre, il avait obtenu que la déposition des hortensias soit déclarée recevable par un tribunal du Wisconsin. Parmi les suspects qu'on avait fait défiler devant les plantes, un seul avait déclenché une réaction sur l'oscillographe relié à leurs tiges par des électrodes. Et, grâce à cette aide végétale inattendue, les enquêteurs avaient obtenu ses aveux.

— Mais les hortensias n'en ont rien à fiche d'aider la justice, objecte Liz. Ils ont réagi à la présence du type qui les avait blessés pendant la bagarre, c'est tout.

— C'est déjà pas mal, non ?

— Martin allait toujours trop loin dans ses conclusions. Même s'il avait raison. On ne passe pas impunément de l'intelligence des plantes à la notion de *sentiments*.

— Et le philodendron qui fait bouger l'aiguille de l'oscillographe quand on fait cuire des crevettes à proximité ?

— Il réagit au changement de température, c'est tout.

— Sauf que si l'on ébouillante des crevettes déjà mortes, il ne réagit pas.

Notre conversation devenait surréaliste, tellement elle semblait naturelle. Liz acquiesçait, contestait, renchérissait, vibrait en m'entendant rapporter des détails qu'elle avait oubliés, des expériences que Martin lui avait tues. Mon but n'était pas de la convaincre de ma sincérité, de ma connaissance du sujet, ce qui était déjà fait, mais de retrouver le genre d'échanges que tous deux avaient eus autour de cette table. De la voir me regarder peu à peu comme si j'étais la réincarnation de Martin Harris – et c'était bien le cas, de plus en plus ; je le voulais de tout mon cœur. Et de toute son âme à lui, aussi, peut-être. J'en oubliais presque l'urgence de trouver une solution de repli, pour moi comme pour elle. Dans vingt-quatre heures, si elle restait ici, elle serait une femme morte.

— Vous avez l'air inquiet.

J'ai essayé de biaiser. Elle a reculé sa chaise et m'a fixé dans les yeux, comme si elle voyait clair en moi tout à coup.

— Glenn… vous pensez que Martin a été tué, vous aussi ?

Une onde glacée est descendue le long de ma nuque.

— Pourquoi on m'a attaquée aujourd'hui ? Juste le jour où vous venez me parler de la kimani. Il y a des intérêts énormes autour de cette plante, Glenn. Vous êtes vraiment… Pardon si je vous choque, mais vous êtes vraiment celui que vous prétendez être ?

J'ai dégluti, sans détourner les yeux. J'avais beau être surentraîné pour ce genre de situation, j'étais persuadé que si je lui répondais, là, tout de suite, je parlerais faux. Mon silence, loin de renforcer ses soupçons, l'a fait rougir.

— Je suis parano, d'accord, désolée, mais j'ai des raisons… Vous voulez que je sois franche ? Je vous ai pris pour le complice de cette femme. Elle n'avait pas trouvé ce qu'elle cherchait, alors c'était à vous de jouer, par la douceur, la gentillesse… le bluff.

Pour toute réponse, j'ai ressorti mon passeport. Elle a retenu mon geste.

— Ce n'est pas la peine. Je vous crois, maintenant.

— Elle cherchait quoi, d'après vous ?

— Je ne sais pas. Une copie du mémoire de Martin sur la kimani… Mais j'ai vérifié dans son bureau, il ne manque rien. Je ne comprends pas, Glenn. Elle a peut-être juste photographié les pages… En tout cas, sa venue est liée à votre appel téléphonique : vous ne m'ôterez pas ça de l'esprit. Je dois être sur écoute, sûrement. Ce n'est pas une voleuse, ça doit être une détective privée ou, je ne sais pas, une espèce d'agent secret… Non ?

— Non.

J'ai essayé de mettre dans cette simple syllabe toute la conviction et l'ironie détachée qu'un juriste serait à même d'opposer à ce genre de délire.

— Mais vous, Glenn, vous êtes sûr que vous ne me cachez rien ?

J'ai pris une longue inspiration et, les yeux dans ses yeux, je lui ai juré que tout ce que j'essayais de lui dissimuler, jusqu'à présent, c'est combien je la trouvais belle.

Elle a pincé les lèvres, hoché la tête. Puis elle s'est levée pour aller boire un verre d'eau. J'ai senti la pression se relâcher dans ma tête. Mais brusquement elle s'est retournée et, comme si je n'avais rien répondu, elle a complété sa question :

— Vous ne me cachez rien de ce que vous a écrit Martin ? Vraiment ?

— Rien, je vous assure.

— Vous avez sa lettre sur vous ?

— Non, je l'ai laissée à Baltimore… Mais je peux vous la citer de mémoire : « Glenn, pardon de ne pas avoir répondu à ton petit mot si gentil sur mon article dans *Nature*. Je ne t'ai pas oublié, mais j'ai tellement de travail et si peu de temps… J'aurais une question juridique importante à te poser, si tu le veux bien, sur une plante qui s'appelle la kimani. Peux-tu me joindre assez vite ? Voici mon téléphone. Avec ma vieille amitié toujours vive. »

J'ai écarté les bras pour clore mon improvisation. Elle a joint les mains devant son nez, fermé les paupières un instant, puis elle m'a regardé d'une manière totalement différente. Il n'y avait plus dans ses yeux le moindre soupçon, la moindre défiance. Juste une réaction à contretemps, une émotion oscillant entre gêne, remords, gratitude. L'expression paumée d'une femme qui a renoncé à plaire, et qui reçoit de la part d'un inconnu un compliment aussi déplacé que sincère.

— Venez.

Elle a traversé la cuisine d'un pas résolu. Je l'ai suivie dans l'escalier. Malgré moi, j'avais le regard rivé sur ses fesses amples et fermes sous la toile blanche. Je revoyais son corps endormi, sa poitrine vibrant sous la dentelle que j'ôtais, sa peau effleurée du bout de ma langue. Indépendamment du contexte, Martin continuait de la désirer à travers moi. J'étais le trait d'union nécessaire entre elle et lui, et c'était une sensation d'autant plus forte que Liz commençait à en éprouver le trouble. Ce n'était pas vers un lit qu'elle m'entraînait, mais c'était du même ordre. Ça dénotait la même confiance, la même évidence, le même lâcher-prise.

Elle m'a ouvert la porte et m'a dit :

— Je vous laisse découvrir par vous-même. Vous me direz s'il est encore possible de faire quelque chose pour la plante.

Le battant s'est refermé en douceur. J'étais dans une pièce mansardée aux murs lambrissés d'acajou, avec des lampes d'opaline et une immense table de monastère surchargée de dossiers ouverts, de pages manuscrites protégées des courants d'air par de gros livres et divers presse-papiers. Je n'en croyais pas mes yeux. Elle avait fossilisé le bureau de Martin dans son ultime journée de travail. Un musée vivant pour elle toute seule, un sanctuaire qu'elle m'autorisait à violer ; un morceau de passé figé qu'elle m'invitait à remettre en marche, parce que la plante qui lui avait sauvé la vie m'avait *choisi*.

Le cœur en suspens, je me suis assis dans le gros fauteuil Chesterfield à bascule. J'ai senti le vieux cuir clouté se creuser dans un soupir, j'ai entendu gémir le ressort d'inclinaison. Lentement, j'ai empli mes poumons de l'air confiné qu'avait respiré mon alter ego

– je pouvais l'appeler ainsi, maintenant que sa veuve m'avait installé dans ses meubles.

J'ai déplacé les dictionnaires, les herbiers, les divers presse-papiers. Le dossier devant moi s'intitulait *Ataya-kimani*. J'ai retiré lentement les élastiques, ouvert la chemise cartonnée sur les dernières notes de Martin. J'étais ému, mais je n'étais pas surpris. Dès lors que j'acceptais l'idée que la plante pour laquelle il était mort m'avait appelé au secours, dès lors que j'acceptais cette mission de rédemption qui m'était proposée, seules comptaient mon action, mon évaluation du terrain, des circonstances et des risques, mon efficacité, ma précision. Toutes les qualités qui jusqu'alors ne m'avaient servi qu'à tuer sans émoi, sans fausse note. Si. Une fois. L'attentat prévu sous l'identité de Martin Harris resterait ma seule perte de contrôle, mon unique échec.

Était-ce la condition nécessaire pour que je sois en mesure, aujourd'hui, d'achever son destin, de réaliser le dernier projet de sa vie ?

J'ai commencé à étudier son mémoire, à tourner ses pages, à faire connaissance avec son écriture.

Il était allé tellement plus loin que je ne l'imaginais. Les éléments que le Dr Netzki avait extraits de ses travaux publiés pour me les implanter n'étaient rien, face à ce que je découvrais dans ses notes inédites.

Pour les scientifiques purs et durs, les Indiens d'Amazonie avaient trouvé les propriétés thérapeutiques de leurs plantes en expérimentant au hasard, quand ils n'étaient pas sous l'emprise de leurs drogues hallucinogènes. Martin entendait prouver, au contraire, que c'était *la plante elle-même* qui utilisait leur transe pour les abreuver de renseignements génétiques, en se dédoublant pour communiquer ces informations – comme le fait l'ADN. Ce processus semblait connu des peuples dits primitifs, deux millénaires avant que Crick et Watson ne découvrent la structure de l'ADN, cette double hélice qui était représentée, sous le nom de « Serpent cosmique », dans des milliers de gravures rupestres, codex et peintures, de l'Amérique du Sud à la Mongolie en passant par l'Égypte ancienne. Une pile de photos, sous un cendrier en cuivre, étayait la théorie.

Ce « serpent double aux couleurs fluorescentes », Martin affirmait l'avoir vu durant sa transe chamanique. Il l'avait retrouvé dans le témoignage et les œuvres de nombreux auteurs, anthropologues et peintres, parmi lesquels Mircea Eliade, Jeremy Narby, Pablo Amaringo… Ce dernier, chamane péruvien, certifiait ne peindre que ce qu'il voyait quand il avait bu l'ayahuasca, la « plus douée des plantes messagères ». Sur ses tableaux de style baroque abstrait, aux reproductions annotées et décryptées par Martin, on pouvait reconnaître, je cite, la structure en nucléosome des bobines d'ADN, les paires de chromosomes, le réseau embryonnaire de l'axone avec ses névrites, et autres spécialités moléculaires qui ne me disaient rien – mais je n'étais pas qualifié pour mettre en doute les certitudes de mon hôte. D'autant que l'écho provoqué en moi par ces spéculations devenait de plus en plus fort au fil des pages.

Les hallucinations, source de savoir ? moyen de communication choisi par les plantes pour informer l'humain de leur possible action sur sa santé ? Ou bien ces informations venaient-elles de l'intérieur de notre cerveau, mémoire archaïque enfouie sous les couches de civilisation, verrouillée par l'inconscient collectif, et sur laquelle agissait comme une clé l'ayahuasca, ce psychotrope naturel au profil moléculaire proche de la sérotonine ? Martin passait en revue toutes les explications possibles.

Je ferme les yeux, pour retrouver les couleurs et le comportement de la kimani qui hante mes rêves. Mais je ne me suis jamais shooté aux plantes, moi. Avant de m'appeler Martin Harris pour les besoins d'un attentat, mes rapports avec le monde végétal s'étaient bornés à tondre les pelouses pour gagner mon argent de poche quand j'avais dix-sept ans. Les arbres et les fleurs ne m'avaient jamais *parlé*. Contrairement à Liz, j'avais l'intime conviction que c'était Martin qui avait servi d'intermédiaire posthume entre sa plante et moi. À moins que le Dr Netzki n'ait entré dans mon subconscient cette information – mais comment l'aurait-il eue ? La kimani n'est connue que par les Yumak d'Amazonie équatorienne, seul territoire où elle subsiste, et par la firme Hessler & Peers qui la traite comme un secret industriel. Quant aux travaux que je suis en train de découvrir, ils sont demeurés à l'état d'ébauche ; Martin est mort avant d'avoir pu les publier.

Ou alors… Ou alors on en revient à l'hypothèse de son décès provoqué par la Section 15. Celui qui s'est introduit ici, pour lui faire inhaler ou boire la substance à l'origine de sa crise cardiaque, a très bien pu tomber sur cet article inédit, ces dessins… Et les photographier pour que Netzki me transmette des données irréfutables prouvant, en cas de problème, que j'étais le véritable Martin Harris. Des données qui, sous l'effet conjugué de l'hypnose et du coma, sont remontées à la surface de mes rêves, échappées de ce magma en fusion, cette synthèse chaotique entre mes deux personnalités.

Je me laisse aller en arrière, appuie ma tête contre le dossier. Et je reste ainsi les yeux fermés, un long moment, comme si l'âme de Martin pouvait m'aider à y voir clair, dans ce vieux fauteuil en cuir rouge où la mort l'a saisi, naturelle ou non.

Un doute affreux m'assaille soudain. Et si c'était moi qu'on avait envoyé ici même pour le tuer ? Et si le coma, en purgeant mon cerveau de tout ce qui n'était pas son identité acquise, avait effacé jusqu'au moindre souvenir de ce meurtre – hormis l'impression de déjà-vu que m'a inspirée cette maison dès mon entrée ?

Le souffle court, les paupières closes, je creuse cette piste en toute objectivité, faisant abstraction des pollutions affectives qui déforment mon jugement depuis que je suis dans le décor de Martin. Aucune réponse, aucune intuition ne me vient. Comme si je n'avais pas accès à ce niveau de conscience. Comme si ce n'était pas le problème, comme si j'étais hors sujet.

Je sursaute. C'est n'importe quoi, tout ce que je suis en train d'échafauder. L'atmosphère en suspens de ce bureau, ces brouillons inachevés, cet encrier ouvert près du stylo dévissé qui suggère que l'auteur, tombé en panne d'encre, est allé se dégourdir les jambes, cette impression de pause, d'arrêt sur image ont faussé mon rapport au temps. Cela fait trois ans qu'il est mort. À cette époque, je sillonnais la Russie, en mission d'infiltration chez des revendeurs de plutonium. Et l'opération Martin Harris n'avait pas encore germé dans les cerveaux de la Section 15.

Je me replonge dans la description savante de la plante. L'origine de son nom (*ataya-kimani*, en dialecte yumak : « la feuille qui parle en rouge »), son espèce, son genre, sa famille, son ordre, sa variété… En annexe, Martin analyse ses composants chimiques et décrypte son génome. Au-delà des 3 % de l'ADN qui codent pour la construction des protéines et des enzymes, il cite d'interminables séquences sans utilité connue, certaines longues de trois cents lettres et répétées trois cent mille fois – ce charabia apparent que les généticiens nomment « l'ADN poubelle », et dans lequel lui-même situe le pouvoir d'information et de reprogrammation que la plante peut exercer sur les cellules cancéreuses. Il souligne que le rouge, dans la tradition yumak, est la couleur du secret qui détruit en silence. La « feuille qui parle en rouge » est la plante du non-dit, celle qui, pour les chamanes, s'adresse aux cancers psychosomatiques liés à un traumatisme qu'on dissimule, qu'on nie ou qu'on nous cache.

Outre la tumeur dont souffrait son épouse, Martin expose le cas de trois autres patients du Memorial Hospital, jugés par leur médecin en phase terminale, et dont la rémission fut spectaculaire après une ingestion de kimani infusée dans de l'eau minérale – les dernières feuilles du plant que Martin, à l'instar de Gordon Banks, avait rapporté clandestinement d'Équateur.

En conclusion de son article, il cite les biologistes Calladine et Drew : « La plus grande partie de l'ADN dans notre corps fait des choses que nous ne comprenons pas pour l'instant. »

Tout à coup, je sens une présence. Je relève la tête. Depuis combien de temps est-elle là, sur le seuil, à me regarder compulser les notes de son mari ? Ses longs cheveux serrés en chignon, elle est vêtue à présent d'un tailleur noir, un peu trop cintré pour ses formes, avec des chaussures compensées à la mode d'il y a trois ans. Le temps s'est vraiment arrêté pour elle à la mort de Martin.

— Vous êtes dans l'ADN cosmique ? s'informe-t-elle.

— Oui.

— Vous trouvez ça intéressant ?

— Très. C'est même vertigineux.

Elle sourit, comme soulagée.

— Merci. Pour ses collègues, il avait fumé la prairie.

Elle vient se pencher par-dessus mon épaule, tourne les pages avec une douceur mélancolique.

— Après sa mort, j'ai tapé l'article et je suis allée le soumettre à Yale, au département de botanique, puis à celui de biologie moléculaire. Les deux ont conclu que ce travail n'était ni fait ni à faire, et m'ont vivement conseillé de le brûler pour ne pas salir la mémoire de Martin.

— Dans le genre incitation à l'exercice illégal de la médecine ?

Elle hausse les épaules.

— Les biologistes ont dit qu'il aurait dû rester dans son domaine, et les botanistes qu'il ne fallait pas confondre l'activité végétale avec la pensée magique. Fin de citation.

Elle se redresse, contourne mon fauteuil, s'assied sur un coin du bureau pour me dévisager gravement.

— Vous en pensez quoi, en toute franchise ?

Je prends une longue inspiration, me pince le haut du nez et lui demande, en guise de réponse, si Hessler & Peers a commercialisé la crème rajeunissante.

— Ils sont en phase ultime des tests de nocivité, d'après Helen Banks. C'est la dernière étape avant de la lancer sur le marché. Ça n'a pas été sans mal.

— Pourquoi ?

— Helen m'a dit, sous le sceau du secret, qu'ils ont eu des problèmes avec la kimani. Elle résiste. Très difficile de synthétiser ses molécules, de trouver l'excipient et le conservateur qui respectent le principe actif… Je vous récite de mémoire, je ne comprends rien à leur jargon. Mais en gros, quand la crème était efficace, elle tournait, et quand elle se conservait, elle n'avait plus d'effet. Un casse-tête.

— C'est la plante qui se venge ?

— Je vous laisse conclure. En tout cas, maintenant, c'est au point. Elle sera lancée au printemps, avec un budget promo à la hauteur du succès qu'ils attendent. Ce sera la crème anti-âge la plus chère du monde. Elle s'appellera NoTime.

Il y a une terrible nostalgie dans sa voix. Elle secoue la tête, soupire, me désigne sa tempe gauche.

— Ça fera bientôt quatre ans, Glenn. C'est peut-être de la pensée magique, mais ça marche.

Je soutiens son regard, essayant de deviner quel traumatisme, quel secret toxique à l'origine de sa tumeur la plante a pu désactiver. Elle détourne les yeux. Je demande :

— Et les autres patients traités avec la plante ?

— L'un est mort de vieillesse, l'autre en chopant un staphylocoque doré pendant une chirurgie esthétique, la troisième je ne sais pas. Elle a quitté le pays.

— Il faudrait reprendre les tests en cancérologie.

— La kimani appartient à Hessler. On ne peut plus rien faire avec cette plante... Si ?

Je perçois dans le point d'interrogation un espoir démesuré. C'est vrai que je suis avocat. Une dernière chance tombée du ciel. Son ultime recours pour que les malades comme elle puissent bénéficier des bienfaits supposés de la kimani.

— Je vais étudier le dossier, Liz.

Elle se relève, tire sur la jupe de son tailleur, me dit qu'elle doit y aller : elle a un entretien d'embauche à New York, chez un décorateur du Queens. Je m'arrache du fauteuil aussitôt. L'idée de repartir d'ici m'est presque insupportable. Je me sens chez moi. Enfin. Je ne veux pas d'autre mémoire que celle de Martin, d'autre avenir que celui que son destin m'a tracé, d'autre présent que le regard anxieux et confiant de sa veuve. En même temps, nous n'avons qu'un sursis de vingt-quatre heures avant qu'un nouveau tueur vienne reprendre le contrat de Julianne Miller.

— Je fais illusion ?

Raide comme un piquet dans son tailleur sexy, elle a posé sa question d'un air tout simple. J'hésite. « Oui » lui confirmerait que son allure de séduction combative est un leurre ; « non » la conforterait dans son image de femme désaffectée qui n'est plus dans la course. Je biaise :

— Pas besoin. Vous êtes trop bien pour ce job.

Elle sourit, acide.

— C'est ce qu'on me dit à chaque fois, oui. Tout ce que je redécore, du coup, depuis trois ans, c'est ici.

Diplomate jusqu'au bout, je lui dis que ça ne se voit pas.

— C'est là tout mon talent, hélas, et personne ne le remarque.

Un silence de gêne ponctue ce badinage qui nous est venu si naturellement. Une connivence immédiate. Habituelle. Un vieux couple. On se fait face, les bras ballants.

— Je ne reviens qu'en milieu d'après-midi. Vous... avez quelque chose de prévu ? Vous devez être très occupé, j'imagine.

Je fais non de la tête. Elle prend acte. Elle déglutit.

— Je suis désolée de vous demander ça, mais le serrurier ne peut pas venir avant deux heures. Ça vous ennuierait de rester ?

— Au contraire.

J'ai répondu avec un peu trop d'empressement. Du coup, par pudeur, elle croit bon de clarifier ce qui est déjà parfaitement explicite : ça l'angoisse de laisser la maison sans surveillance, avec une porte qui ne ferme plus... Je l'interromps : je suis venu à Greenwich uniquement pour la rencontrer, et c'est un plaisir de m'attarder sur les travaux de mon copain d'enfance. Elle sourit, à la fois tranquillisée et remuée par ma réponse. D'un geste balayant bibliothèques et placards, elle m'invite à me servir ; il a terriblement écrit, et il ne jetait jamais rien. Elle ajoute :

— Il y a du poulet dans le frigo, une salade, du fromage, un restant de tiramisu maison...

Et c'est peut-être ce que j'ai entendu de plus doux dans ma vie. La tentation, le regret qui se faufilent sous le menu pour m'inviter à partager le repas qu'elle n'a pas le temps de prendre. Elle enchaîne sur un ton plus neutre :

— Je vous laisse mon numéro.

Sans marquer de réaction, je le note et lui donne le mien en échange. Elle le mémorise dans un vieux modèle à clapet tout en précisant :

— La fille a volé mon portable, j'ai ressorti celui de Martin. Heureusement, je n'ai pas résilié son abonnement.

Je la regarde enfoncer les touches. Elle justifie d'un air à la fois confus et fier :

— J'aime bien recevoir encore du courrier à son nom – même si ce ne sont que des factures.

J'acquiesce, lui demande si elle a prévenu la police.

— Ils sont débordés. Ils ont pris le signalement, mais ils n'ont pas le temps de passer. J'irai porter plainte demain. Bon, allez, je vais être en retard.

Elle fait trois pas, se retourne sur le seuil.

— À tout à l'heure, alors ?

J'ai hoché la tête. L'idée qu'elle me retrouverait à la maison en rentrant semblait tout à la fois lui donner des ailes et couper son élan. À quoi bon aller vanter sans illusions ses talents de décoratrice, faire semblant d'être au courant des tendances et des goûts du marché, quand on vit à huis clos trois années en arrière ? Partager le dernier combat de son mari avec un allié inespéré avait tellement plus de sens. Je lui ai dit que j'allais fourbir des arguments pour attaquer le brevet Hessler sur la kimani. Je n'avais aucune idée de la marche à suivre, mais je gagnais du temps.

Elle ne bougeait pas, les doigts serrés sur la poignée de la porte. Je lui ai souhaité bonne chance pour son entretien. Elle m'a dit que ça portait malheur, qu'il fallait dire merde, comme les acteurs. J'ai dit merde. Elle a répondu merci. J'ai rappelé que ça aussi, ça portait malheur : il ne fallait pas répondre. Elle a conclu avec un sourire gamin que j'avais fait du théâtre, comme elle, à l'université. Je n'ai pas démenti. Je m'étais contenté de tuer une actrice.

Je l'ai regardée s'éloigner vers l'escalier. Je l'ai écoutée descendre les marches, s'affairer dans la cuisine. Puis passer dans le garage, faire démarrer la Ford bleu ciel devant laquelle j'avais rangé la Mercedes de Julianne, tout à l'heure. J'ai repensé au cadavre dans le coffre. J'en ai revu d'autres, en pareille situation, repliés, ficelés dans des sacs à gravats. J'ai retrouvé le visage de cette Ophélie qui jouait si bien *Hamlet*, et dont le seul tort avait été de coucher avec un général du Pentagone. Et puis je me suis replongé dans les travaux de Martin, pour faire le vide, tirer un trait, changer de peau.

***

Les heures passaient dans le silence ouaté du bureau, sous la lumière de feuillage qui dansait entre les lamelles du store en bois. J'étais bien. Je jouais à être casanier, serein, hors d'atteinte. Comme je l'avais été *avant*, entre deux contrats, dans mon refuge de San Francisco tapissé de vieilles reliures, seul avec mes auteurs russes, mon chat, mon Magritte et mon piano qui m'emmenaient si loin de moi. Cette vie n'existait plus. Cette fausse indépendance. Le coma avait fait le nettoyage par le vide, mais quand l'illusion d'être Martin Harris avait volé en éclats sous le retour brutal de ma mémoire, ma seule réponse avait été la fuite.

Aujourd'hui, je ne voulais plus seulement échapper au souvenir de mes actes. Fini d'être le produit des circonstances ; je voulais m'investir pour de bon dans une œuvre qui me donnerait enfin une véritable identité, une unité intérieure, une valeur aux yeux de quelqu'un. Liz Harris n'était pas arrivée dans ma vie par hasard. Elle seule pouvait m'aider à devenir celui que j'avais cru être. Elle justifiait mon passé en m'offrant le choix d'un avenir.

Je suis descendu à la cuisine. Elle m'avait mis le couvert, débouché un chardonnay d'Argentine. J'ai ouvert le frigo, et je suis tombé en arrêt devant la présentation des plats. Avait-elle préparé tout ça pour moi, ou gardé l'habitude de cuisiner pour deux ? J'ai réchauffé sur 180 le poulet aux morilles. Je n'avais plus qu'à remuer la salade exotique, ôter le film plastique autour du brie aux truffes, et il fallait laisser le tiramisu vingt minutes à température ambiante. Elle avait collé des Post-it sur chaque récipient, écrit un mode d'emploi à chaque étape de mon repas. Sur la bouteille de vin, elle indiquait : « Martin le buvait chambré », et concluait sur un ballotin de fruits confits maison : « Je pense que vous aimerez comme lui. »

C'était le meilleur déjeuner de ma vie, et pas seulement par la finesse des mets. C'était un langage subliminal, une sorte de préliminaire... Mieux qu'un tête-à-tête : un face-à-face avec la personnalité qu'elle me prêtait. Et à laquelle j'adhérais de toutes mes fibres. Chaque bouchée m'ancrait davantage dans ce Glenn Willman, cet inconnu en cours de construction qui allait devenir un nouveau Martin Harris plus vrai que nature.

J'en oubliais le danger qui me guettait, l'urgence de m'enfuir.

**

Quand le serrurier est arrivé, j'ai tout de suite vu dans son regard qu'il nous croyait amants. Il m'a serré la main avec chaleur en se présentant, m'a suivi dans la cuisine. Je lui ai proposé du café. Il a dit que ce n'était pas de refus, avec un coup d'œil pour ma vaisselle qui séchait sur l'évier.

— C'était quoi, un rôdeur ?

J'ai confirmé. Il s'est agenouillé devant la porte de la véranda.

— Depuis le temps que je veux lui remplacer son alarme… Je sais bien que ça fait des frais, mais c'est plus comme avant, même ici. On voit de ces choses.

Je l'ai regardé ouvrir sa trousse à outils, préparer sa perceuse. Je lui ai demandé pour combien de temps il en avait.

— Démonter et changer la serrure, plus deux trois bricoles qui attendent depuis des mois – je vais en profiter, si ça vous gêne pas : ça m'évitera de compter un déplacement. Une petite heure, quoi.

J'ai attendu qu'il ait fini son café pour m'informer, l'air détaché :

— Vous l'avez bien connu, M. Harris ?

Il a répondu d'une moue vague, par discrétion ou par délicatesse.

— Il est enterré dans le coin ?

— Ben oui, au cimetière de Greenwich.

— C'est loin ?

— Dix minutes à pied.

— Je peux vous laisser la maison ?

— Ça, c'est sympa. Je veux dire : aller se recueillir sur…

Un peu gêné, il a remplacé la fin de sa phrase par un coup de menton, et il a attaqué le démontage de la serrure. Il voulait dire sans doute : « Aller se recueillir sur la tombe de celui qu'on remplace dans le lit de sa femme. » C'est ce que j'ai fait, à titre préventif. Sauf que j'allais chercher autre chose qu'une bénédiction.

**

Devant la dalle toute simple en granit noir que m'avait indiquée le gardien, j'ai fait le vide en moi pour me concentrer à ma manière, fixant la croix dorée comme si c'était une cible. Et j'ai entamé à mi-voix un interrogatoire qui avait les allures d'une prière.

— C'est toi qui m'as fait rêver de la kimani ?

Le silence bruissant des feuilles d'acacia m'a renvoyé ma question. J'étais libre de croire ce qui me semblait le moins irrationnel. Admettre qu'une activité de la conscience subsiste après la mort physique, cherchant à terminer par procuration ce qu'elle a entrepris sur terre. Ou bien envisager la volonté auto-nome d'une plante.

— Que dois-je faire ? Qu'attends-tu de moi ?

Le visage de Liz est venu en surimpression sur la dalle où son nom rejoindrait un jour celui de son mari. C'était moins une réponse qu'un dilemme : si elle avait perçu mon arrivée dans sa vie comme une protection envoyée par l'au-delà, je ne pouvais m'em-pêcher de penser le contraire. C'est en la contactant que je l'avais mise en danger. Ceux qui voulaient m'éliminer ne prendraient pas le risque de l'épargner ; on était destinés à mourir ou à survivre ensemble.

Une famille éplorée passe derrière moi. Sur ma gauche, une petite vieille à quatre pattes brique la plaque en marbre de son grand fils tombé au Vietnam. En face, une équipe de géomètres fait des relevés topographiques. Martin Harris n'est pas là. Je sentais si fort sa présence dans son bureau ; ici je n'ai qu'une impression de vide, de temps perdu. Sa mémoire est en moi, pas sous terre. Je repense à ce que disait Roy Nelson, le truculent pasteur télévangéliste qu'on m'a fait suicider en octobre 2001, à cause de son influence apaisante sur George W. Bush : « Nos défunts nous suivent en permanence : ils ne se trouvent au cime-tière que lorsque nous y venons – vous croyez que ça les amuse de visiter leur cadavre ? Emmenons-les plutôt à la plage. »

J'ai fait le signe de croix comme on scelle un accord. N'ayant jamais rencontré Dieu, je n'ai pas plus de raisons de mettre en doute son existence que de lui faire confiance. C'est un commanditaire invisible qui honore rarement les contrats. Mais cette chance de rédemption que m'offre la providence en compagnie d'une femme désirable, je n'ai pas le droit de la négliger. Je ne crois pas à l'enfer, ni même au purgatoire conçu comme une session de rattrapage. Je pense que, mort ou vif, on est seul avec ses actes, c'est tout. Raison de plus pour essayer de fabriquer un peu de paradis sur terre. Sauver Liz et lui rendre le bonheur, ce sera mon ultime mission. La première que je me serai confiée tout seul – même si elle m'est inspirée par un tiers.

J'ai ôté les fientes d'oiseaux sur la dalle de Martin, histoire de ne pas être venu pour rien, et, comme aurait dit le pasteur Nelson, je l'ai ramené chez lui.

***

Le serrurier avait presque fini. Pendant quelques minutes, j'ai repris le fil des travaux que Martin n'avait pas eu le temps de mener à terme. Et puis, en remuant des strates de papiers pour trouver la fin d'un article, je suis tombé sur un cahier à spirale. C'était son journal intime. Ses deux dernières années.

Je m'y suis plongé avec une empathie qui, très vite, s'est retrouvée en porte-à-faux. Parfois il sautait des mois, parfois il consacrait trois pages à une demi-heure, avec une précision maladive. Au fil des jours, un autre homme se dessinait entre les lignes, beaucoup moins sympathique. Un maniaque de la reproduction, qui détaillait tous les traitements qu'il imposait à Liz pour obtenir un héritier. Retards, échecs, détails techniques, effets secondaires prenaient le pas sur les sentiments. Dès qu'il abordait le terrain humain, la passion végétale qui enflammait ses écrits tournait à l'obsession égocentrique. Il voulait mettre enceinte une femme comme il aurait greffé une plante.

J'imaginais les réactions de Liz à la lecture de ce journal. Apparemment, il avait un problème de fertilité, mais concluait que c'était sa faute à elle. Si l'insémination artificielle ne marchait pas, écrivait-il, c'est qu'elle faisait un blocage : elle refusait inconsciemment de lui donner un enfant parce qu'elle ne tenait plus assez à leur couple. Et puis, un mardi soir, la découverte de la tumeur avait transformé sa volonté d'être père en peur de se retrouver veuf. Le journal s'arrêtait à la guérison de Liz. Les ressassements de l'ego n'avaient pas résisté au miracle.

Je me suis laissé aller en arrière dans son fauteuil. Sa face cachée me faisait du bien ; elle réduisait la distance entre nous. En cessant d'être parfait, il me redonnait une certaine amplitude. Dans le même temps, l'idée fixe et les jérémiades qui traduisaient son besoin de paternité me renvoyaient à ma propre indifférence en ce domaine – indifférence qui avait connu une issue beaucoup plus positive.

Saturé de valeurs familiales ne débouchant que sur la solitude et l'incompréhension, j'avais décidé, avant même d'être pubère, de ne jamais avoir d'enfant. À dix-huit ans, un accident de préservatif a détourné mon avenir : toutes les économies destinées à mes études littéraires sont passées dans l'avortement de Wendy. Il ne m'est plus resté que l'armée, pour échapper à ma famille et bénéficier d'une formation gratuite.

Quinze ans plus tard, j'ai appris que Wendy avait gardé pour elle l'argent et le môme. Se retrouvant sans rien, emprisonnée pour trafic de drogue, elle m'appelait au secours. J'étais déjà l'un des tueurs les plus appréciés de la Section 15 ; pas question pour moi de me montrer à visage découvert. De créer des liens avec un fils, de le mettre en danger, de lui donner l'exemple. J'ai assuré sa subsistance et son éducation à distance, par le biais d'intermédiaires compétents, de virements inexplicables, d'opportunités tombées du ciel. Comme j'étais payé à la pièce, mon existence prenait un sens : chaque fois que je donnais la mort, je gagnais la vie de mon fils.

Jack était travailleur ; il est devenu brillant. Aujourd'hui, il dirige un programme de recherche sur le handicap moteur à l'université de Princeton. Il m'est arrivé d'aller espionner de loin sa réussite, son mariage, la famille heureuse qu'il a su bâtir sur des fondations nulles. Il n'est que le produit de lui-même, et c'est ma fierté. La seule justification de ma présence sur terre.

J'ai refermé le journal intime de Martin. Voilà que j'éprouvais malgré moi la nostalgie, la frustration paternelle exprimées par l'homme que j'avais cru être.

Voilà que je ressentais soudain l'envie d'adopter un enfant, et de l'élever avec Liz. C'était n'importe quoi, ça frisait le ridicule, mais c'était fort et c'était doux.

Mieux valait revenir à la botanique. Je me suis replongé dans ses travaux, ce qui n'a pas changé grand-chose à mon état d'esprit. Ses descriptions, ses comptes rendus de recherches, ses hypothèses et ses combats, comme l'avait fait son journal, continuaient de me répéter en filigrane : *Reprends ma vie.*

Martin Harris avait deux passions : sa femme et une plante. J'étais seul désormais à pouvoir les sauver. Mais comment protéger une femme lorsqu'on est traqué sans relâche par les services secrets ? Et comment libérer une plante médicinale volée aux Indiens d'Amazonie par le numéro un mondial des cosmétiques ? Une plante qui pourrait guérir des milliers de malades et qui, victime d'un brevet exclusif, ne sert qu'à fabriquer la plus chère des crèmes antirides.

Quand Liz est rentrée, le serrurier était parti depuis deux heures. Je ne lui ai pas demandé comment s'était passé son entretien d'embauche. Son air dépité parlait pour elle. Elle a regardé les notes que j'avais prises, empilées à côté des pages couvertes de la haute écriture penchée de son mari. J'ai senti que cette juxtaposition la touchait. Cette continuité. Ce flambeau rallumé. J'ai dit :

— On y va.

Elle m'a interrogé du sourcil.

— On part tout de suite, Liz, si c'est possible pour vous. Il y a un avion cette nuit pour Quito, via Bogota : j'ai réservé deux sièges. Vous allez me conduire chez les Yumak, je veux rencontrer les chamanes, le chef de la tribu… Je vais défendre leurs intérêts contre Hessler & Peers, gratuitement. Je vais casser le brevet, je vais déprivatiser cette plante. Mais j'ai besoin de vous.

Dans son regard, dans son cœur s'opérait un vrai partage des eaux. Deux courants s'affrontaient : le flux tendu des échecs qui l'entraînait à la dérive depuis la mort de Martin, et cette lame de fond que je venais de provoquer par mon irruption dans sa vie. Sa défiance ne résista guère plus d'une minute à mon exaltation. Juste le temps d'émettre les objections de rigueur, pour me permettre de les balayer :

— Mais… je ne peux pas abandonner la maison comme ça…

— Je téléphone au serrurier et je vous offre une nouvelle alarme. Je la passerai dans mes frais, avec les billets d'avion. J'ai les moyens de faire ce que je veux, Liz ; c'est l'envie qui me fait défaut habituellement. On ne tombe pas tous les jours sur une grande cause, un véritable enjeu. La kimani nous appelle ; on n'a pas le droit de se dérober.

— Je sais.

Elle souriait, comme libérée des contraintes qu'elle s'était créées.

— Je vous fais confiance, Glenn. Mais pourquoi une telle urgence ?

Là, pour demeurer crédible, j'ai dû calmer le jeu. En effet, si l'on excluait les tueurs de la Section 15, qui mettraient tout en œuvre pour nous exécuter dès qu'ils auraient constaté la disparition de Julianne Miller, il n'y avait aucune raison de se précipiter. Je l'ai priée d'excuser mon impétuosité. Je me suis levé, j'ai rassemblé mes notes. J'aurais quelques jours de libres, dans un mois ; je reprendrais contact avec elle.

J'ai fait mine de sortir mon portable pour annuler le vol. Elle a retenu mon geste. Et elle s'est jetée dans mes bras. Mais comme on se raccroche, à l'enterrement d'un proche, au premier vivant qui passe. J'ai posé les mains sur ses hanches.

— Pardon, a-t-elle dit en se détachant vivement.

J'ai répondu qu'il n'y avait pas de mal. Ce n'était qu'un mensonge de plus. Au fond de moi, ce « moi » issu des deux personnalités qui s'unissaient après s'être combattues, j'étais déjà tombé gravement amoureux d'elle. Pour dissiper sa gêne, tout en remplaçant l'ambiguïté par le challenge, j'ai ajouté que je n'avais jamais été vraiment porté sur les femmes.

— Tant mieux, a-t-elle souri en dissimulant, sous les apparences du soulagement, une déception qui m'a fait chaud au cœur.

À l'aéroport, j'ai rallumé mon portable qui, j'en étais sûr désormais, permettait à la Section 15 de me localiser. Rien a priori ne pouvant me relier à un modèle sans abonnement payé en espèces, ça signifiait que j'étais déjà sous surveillance quand je l'avais acheté. Comment était-ce possible, avec toutes les précautions que j'avais prises ? Je ne voyais qu'une explication : Muriel et ses enfants ayant disparu en même temps que moi, mes petits camarades avaient mis son ex-mari sur écoute, et c'est par l'appel de son fils qu'ils nous avaient retrouvés à l'île Maurice. Mais pourquoi, dans ces conditions, ma « nettoyeuse » avait-elle attendu l'Angleterre pour passer à l'acte ? Le fait que l'ex de Muriel travaillait pour une chaîne d'infos avait peut-être suffi à différer notre exécution, tant qu'il était dans les parages. À la Section 15, la publicité est le seul crime impardonnable. Surtout depuis que la Commission d'enquête parlementaire sur les activités illégales de la CIA, vaste programme, pourrit la vie de notre commanditaire Howard Seymour.

Je glisse discrètement le portable dans la poche latérale d'un gros sac de voyage en partance pour

Pékin, et je le regarde s'éloigner sur le tapis de l'enregistrement. Trois jours d'autonomie en veille : ils auront tout le temps de me repérer et d'aller me chercher en Chine, si le cœur leur en dit.

Quant à l'ancien téléphone de Martin, Liz l'a laissé à Greenwich, sans que j'aie eu besoin de le lui demander. Elle se sentait sur écoute. Les vieux soupçons que j'ai réveillés en elle, ce matin, ne la quittent plus. Du coup, elle n'a prévenu personne de son départ. Quand j'ai évoqué son amie Helen, la femme de Gordon Banks, elle a changé de sujet. Je suppose qu'elles sont en froid. Elle a fait le vide autour d'elle, en mémoire de Martin. Tout le monde l'avait lâché, quand il s'était dressé contre les intérêts du géant cosmétique.

Au contrôle des passeports, je m'arrange pour qu'on ne soit pas dans la même file. Glenn Willman est grillé ; mieux vaut qu'il reste aux États-Unis. Le temps du voyage, je m'appelle Robert Elmett, attaché culturel d'ambassade. Personne à la Section 15 ne connaît cette identité.

— Je n'en reviens pas de ce que vous me faites faire, soupire Liz.

On vient de s'asseoir à la dernière rangée de la classe affaires. Je présume qu'elle veut dire : partir ainsi sur un coup de tête, sur un coup de cœur, elle qui ne vivait plus qu'en arrière. Ses doigts se referment sur mon poignet.

— Je suis très émue de retourner là-bas, Glenn. Surtout dans le contexte.

Elle prend la coupe de champagne sur le plateau que lui tend le steward. Je fais de même, intrigué.

— Le contexte?

Elle désigne la vieille sacoche en daim râpé de Martin, où j'ai serré tous ses derniers travaux.

— Dans ce que vous avez lu, il y a le profil psychologique que les Indiens donnent à la kimani…

— La plante du non-dit?

— J'ai décidé de ne rien vous cacher, Glenn. Quitte à vous paraître brutale. Vous m'y autorisez?

Je hoche la tête. Indifférente aux annonces de bienvenue qui l'obligent à hausser la voix, elle enchaîne :

— La raison de ma tumeur, dans la zone du cerveau qui commande la parole, c'était le silence. L'aveu que je n'avais jamais osé faire à Martin. Et quand j'en aurais eu le courage, une fois guérie, c'était trop tard. Ça n'aurait fait que décupler sa colère contre Gordon Banks, miner un peu plus son combat perdu d'avance…

Je la laisse boire une longue gorgée. Son ton est parfaitement inadapté à la teneur de ses propos. Je n'ai jamais entendu une telle douceur dans la culpabilité.

— On était partis en vacances aux Bahamas chez les Banks, il y a cinq ans. Un après-midi, je faisais la sieste pendant que Martin jouait aux cartes avec les autres. À un moment, j'ai senti qu'il était venu me caresser dans mon sommeil, comme souvent.

La bouche sèche, je fixe les motifs du siège devant moi. Mes propres attouchements du matin donnent à ses mots une résonance tout autre.

— Je me suis laissé faire. C'était délicieux. Bien mieux que d'habitude. Je me disais : c'est les vacances, la détente, le décor... Quand j'ai ouvert les yeux, j'ai vu la tête qui s'agitait entre mes cuisses. C'était Gordon Banks.

Le steward repasse avec son plateau. Prestement, elle dépose sa coupe vide, en reprend une. Et elle poursuit, sur le même ton précis et détaché qu'on emploie pour raconter un film :

— Il s'est confondu en excuses, m'a dit que c'était plus fort que lui : il avait trop envie de moi et depuis trop longtemps... Il m'a suppliée de ne rien dire à Helen. Je l'ai conjuré de ne pas en parler à Martin. Et voilà. On est restés bons amis. Comme on dit. Avec la honte et la haine au fond de moi. La honte du silence et la haine de ce que j'avais ressenti. Ce désir qui continuait de parler dans ses yeux, dans mon ventre... Je n'arrivais plus à faire l'amour avec Martin. À chaque fois, c'est Gordon que je voyais... Gordon que j'appelais dans ma tête, malgré moi. J'ai préféré arrêter le sexe, totalement. Martin n'a pas compris, mais il a été très bien, il s'est fait une raison.

Je revois les pages de journal où il déclinait son obsession de paternité. Elle ne voulait plus qu'il la touche ; il avait répondu par l'insémination artificielle.

— On a appelé ça ma dépression. Un déséquilibre hormonal, des choses comme ça. L'usure du couple.

Je me retiens d'acquiescer. J'ai tellement l'impression d'avoir partagé cette épreuve – la sienne autant que celle de Martin. C'est fou comme ma propre histoire paraît lointaine, périmée, détachée de moi. Y compris les caresses clandestines de ce matin.

— Vous ne m'écoutez plus, s'interrompt Liz.

Je l'assure du contraire. Elle poursuit. Je monte dans la phrase en marche, m'efforçant d'en déduire ce qui précède.

— ... Au moins la tumeur m'a donné une vraie raison d'aller mal. Je veux dire : une souffrance que, cette fois, je m'autorisais à partager avec Martin. Il a été parfait, là aussi. Soulagé, même, dans un sens. Il comprenait *enfin* mon comportement. Il pouvait mettre un nom sur ce qui m'arrivait. Le moment le plus fort de notre mariage, pour lui ? Ce qu'il a cru être mes derniers mois. Les siens, en fait. Je peux ravoir une coupe ?

— On va décoller, madame, répond le steward.

— Elle sera vide avant, le rassure-t-elle.

Avec une courtoisie crispée, il tourne les talons pour lui donner satisfaction.

— Ça vous inspire quoi, tout ça ? me demande-t-elle dans la foulée.

Mes doigts se posent sur son genou tandis que je lui confie que, si elle veut mon avis, elle n'a plus vraiment besoin de consommer la plante du non-dit.

— Justement si. Merci, dit-elle au steward.

Et elle enchaîne, la coupe aux lèvres, les yeux dans mes yeux :

— Je pense que je suis en train de rechuter, Glenn. Mes migraines ont repris, aussi fort que la première fois.

L'avion arrête de rouler, pousse ses moteurs. Je ne marque pas de réaction. Je la regarde. Elle boit son champagne avec un plaisir méticuleux, en décalage total avec les mots qu'elle vient de prononcer. Sur le même ton neutre, je demande :

— Depuis quand ?

— Trois semaines. À peu près le moment où vous avez commencé à rêver de la kimani. Non ?

Elle a devancé mon commentaire. Elle dit qu'elle n'a pas osé passer d'IRM. Pas voulu, plutôt.

— Pourquoi ?

— Je ne peux pas…, soupire-t-elle en laissant pendre sa coupe vide au bout de l'accoudoir. Je ne peux pas cesser de croire que la plante m'a guérie, Glenn. Je ne peux pas faire ça à Martin.

Cette phrase me bouleverse autant que la nouvelle en elle-même. Moi qui ai toujours avancé en tirant des traits sur le passé, je suis vraiment déconcerté par sa façon de fonctionner. Avoir recours à la médecine normale, pour elle, ce serait une ingratitude, une manière de trahir son mari à titre posthume. Du coup, je me dis qu'à mon insu j'ai repris pour de bon, cette fois, le rôle de Martin : la remmener en Amazonie au mépris de la raison médicale, dans l'espoir que le miracle se reproduise.

— Vous avez une idée de ce qui aurait pu déclencher une éventuelle rechute ?

— Évidemment, sourit-elle avec autant de résignation que d'amertume. C'est Gordon qui paye les traites de la maison. Sans rien demander en échange, soi-disant. Il me garde à disposition, dans mes meubles. Il attend son heure. Lui qui est obligé de ramper devant sa belle-mère, ça lui fait du bien d'avoir une femme sous sa coupe. Je vous choque ? Sans lui, je serais à la rue : Martin n'avait pris aucune disposition, et je n'ai plus de revenus. J'ai accepté son aide, voilà. Je m'enferme dans le passé, pour ne plus regarder le présent en face. Je gagne du temps. Je me calfeutre dans mon deuil, pendant qu'il ronge son frein.

Je retiens la question qui monte à mes lèvres. Une simple phrase d'elle, et Gordon Banks aurait sûrement sorti de ses laboratoires une kimani pour endiguer la rechute. Cette phrase qu'elle s'est interdit de prononcer a sans doute aggravé ses symptômes. Elle ajoute :

— Vous êtes le premier qui me redonne envie d'un avenir.

Elle renverse la tête en arrière, les paupières closes, pendant que l'avion décolle. Ses doigts lâchent la coupe qui roule jusqu'au rideau de la classe éco.

— Ça me fait tellement de bien d'arriver à exprimer tout ça... De voir où j'en suis dans le regard d'un homme. Je suis en confiance avec vous, Glenn. Je me dis que je ne risque rien. Vous êtes à la fois un inconnu et... un ami d'enfance par alliance – ça se dit ?

— Ça me dit, en tout cas.

Ma tentative de légèreté la rend plus grave. Elle pince les lèvres, secoue la tête, déglutit, avoue en fixant le dossier devant elle :

— Je n'aimais plus Martin, Glenn... J'avais de l'affection, de la tendresse, du remords... Mais ce n'était plus de l'amour, depuis les Bahamas. Je me raccroche à sa mémoire pour faire écran à Gordon, c'est tout, et je ne peux pas... je ne veux plus... Je n'en peux plus d'être morte.

Je la regarde en silence. Les larmes coulent dans son sourire.

— Pardon, Glenn. Je suis en train de vous dire merci, en fait. Je ne voulais rien plomber entre nous, au contraire. Je me sens tellement libre, d'un coup, grâce à vous. C'est si bon de couper les ponts...

Elle cherche un mouchoir dans son sac, renonce, prend un chewing-gum, m'en offre un. Pendant quelques minutes, la mastication remplace à point nommé les confidences. J'ai besoin de silence, de recul, de sang-froid. Je ne contrôle plus mes émotions et ça m'est insupportable. Un reliquat de mon ancienne vie... Mon ancienne vie. On ne renie pas aussi facilement ses réflexes. Quand un prédateur devient végétarien, c'est son régime qui change, pas son caractère. Je me demande ce que je fous là, tout à coup, avec une femme qui me fait perdre pied dans une cavale sans autre but que le sien. Mon besoin de la sauver a supplanté mon instinct de survie, mais ça ne peut être que provisoire.

J'arrache une page de magazine, écrase mon chewing-gum sous le menton du président iranien. Il revient de loin, celui-là. Dans la peau d'un ingénieur du son engagé sur le tournage de son hagiographie, en 2008, j'étais sur le point de lui provoquer une rupture d'anévrisme au moyen d'un canon à hyperfréquence, et puis j'avais reçu un contrordre. Il y a comme ça, tout autour de la planète, une dizaine d'excités qui m'ont fait perdre mon temps sans savoir qu'ils me doivent leur survie, pour cause de changement d'option diplomatique. Je les appelle mes « sursitaires ».

Liz dépose son chewing-gum au bout du nez d'Ahmadinejad, façon clown. Je froisse la page pour lui éviter une fatwa. Elle s'étire, détache sa ceinture de sécurité, déplie sur ses jambes le plaid Delta Airlines. Elle laisse tomber d'un air frileux :

— Dites-moi que vous avez un secret, vous aussi. Dites-moi que vous n'êtes pas simplement cette façade rassurante, cet intérieur bien rangé… Dites-moi qu'il y a en vous quelque chose d'inavouable. Sinon j'ai l'air de quoi, moi ?

Sa détresse est telle que je ne me sens pas d'esquiver. Je lui dis la vérité : ma vie me tombe des mains et j'ai envie de couper les ponts, moi aussi.

— Avec quoi ?

Par un mouvement de sourcils, j'exprime tout à la fois l'ampleur et l'insignifiance de ce qui me relie au passé. Elle me laisse mariner un instant dans mon silence, puis soupire avec une sorte d'ironie résignée :

— Je continue de laisser parler la plante ?

— Bien sûr.

— Vous êtes certain ?

— Pourquoi ?

— Vous me plaisez terriblement, Glenn.

Et elle ajoute en fermant les paupières, deux tons plus bas :

— Ce n'est pas contre vous. Je respecte votre homosexualité…

Je m'abstiens de répondre : « Il n'y a pas de quoi. » Sans rouvrir les yeux, elle attrape ma main sur l'accoudoir central, enchaîne avec douceur :

— Vous me prenez vraiment pour une quiche. Mais j'ai apprécié la délicatesse. Simplement, j'ai beau être redevenue vierge, je sais toujours comment un homme me regarde.

— Je vous prie de m'excuser.

— Non, c'est moi.

À tâtons, elle déplie mon plaid et l'étend sur mes cuisses.

— Il ne se passera rien entre nous à Bogota, d'accord ? Vous avez réservé deux chambres, on s'en tiendra là.

— D'accord.

— Simplement, j'aurai besoin d'une vraie nuit. On repart à l'aube pour Quito, je ne vais pas faire une insomnie en attendant que vous tapiez à ma porte. Toujours d'accord ?

Je veux bien persister à ne pas être contrariant, mais je commence à deviner où mène son raisonnement, et je me méfie de mes réactions autant qu'elle appréhende les siennes. Jouer avec le feu n'est pas forcément la meilleure façon de s'ignifuger.

— On fait comme si j'étais vous, Glenn, d'accord ? poursuit-elle en glissant la main sous mon plaid. Et comme si vous étiez moi.

Tandis que le commandant de bord nous indique notre altitude de croisière, notre temps de vol et la température extérieure, ses doigts effectuent un bref repérage. J'attends la fin des conditions atmosphériques prévues pour l'atterrissage, et je glisse à mon tour la main sous son plaid. Moins récalcitrante que ma fermeture éclair, sa culotte s'écarte en révélant une excitation presque aussi franche que la mienne. Le commandant change de langue, et on lui laisse le temps d'achever son bulletin météo dans un espagnol approximatif, avant de commencer à nous caresser sur son *Buenas noches.*

J'ai senti mon désir monter au rythme du sien, j'ai ralenti ma cadence quand elle allait trop vite, et j'ai accéléré soudain pour éviter qu'elle me double. On a joui presque en même temps, les lèvres mordues, les yeux fermés pour nous croire invisibles.

Quand on s'est regardés à nouveau, on avait l'air aussi surpris l'un que l'autre par cette pulsion à laquelle on avait cédé d'un même élan. Surpris, mais pas gênés. Ce n'était pas du sexe à proprement parler, mais un genre de reconnaissance mutuelle. Je n'étais pas certain de son orgasme ; en tout cas elle s'était montrée aussi discrète que moi, et j'ai su tout de suite que cette complicité de gamins allait nous unir bien mieux que le plaisir trop bref qu'on venait d'échanger.

En rapatriant sa main sous son plaid pour la glisser dans la mienne, elle m'a chuchoté d'un air joyeusement offusqué :

— Vous n'avez pas honte ? Moi j'ai faim.

Ça m'allait très bien, comme déclaration d'amour. Mais elle a posé sa tête sur mon épaule et murmuré avec un abandon qui a aussitôt déchiré le charme :

— C'est bon d'être en vie. Ne me laissez pas tomber, Glenn.

Je l'ai regardée s'endormir sans bouger. Depuis que j'avais quitté l'armée, je m'étais toujours arrangé pour ne jamais être dépendant ni responsable de personne. Je me contentais d'augmenter mes tarifs tant que j'étais le meilleur, je me conformais à des profils psychologiques et j'appliquais des sentences qui ne me faisaient ni chaud ni froid. Je n'avais aimé qu'une fois, la première, sans discernement ni retour, et ça m'avait servi de leçon. Depuis, ma sexualité relevait de l'entretien de routine et du service à domicile ; je convoquais des call-girls comme on commande une pizza, et la question ne se posait plus.

Là, je m'engageais sciemment dans un processus auquel rien ne me préparait, si ce n'est le désastre auquel avait abouti ma relation avec Muriel. La main de Liz sur mon sexe n'avait été qu'anecdotique, mais sa tête blottie sous ma joue m'inspirait des sentiments beaucoup plus dérangeants. Elle me faisait confiance. Elle croyait en moi. Je n'y pouvais rien, et je n'avais pas le cœur à lutter contre l'évidence qui se manifestait d'une manière toute simple : ce sommeil sur mon épaule pesait bien plus lourd que l'envie qu'on avait assouvie. J'étais resté extérieur à son plaisir, mais son problème était devenu le mien.

***

L'avion se pose. Elle se réveille dans mes yeux. Elle me dévisage d'un air incertain. Les sensations et les souvenirs se reconstituent, se mesurent, se remettent en question. Et puis l'apaisement revient sur ses traits. Elle dépose un baiser au bout de mes doigts, comme pour sceller ce qui a eu lieu tout à l'heure. C'était bien, mais ce sera tout. Je confirme la réception du message :

— On peut très bien décider qu'il ne s'est rien passé, Liz.

— Je ne sais pas. C'est peut-être mieux, oui…

— En tout cas, c'est toujours vous qui prendrez l'initiative. D'accord ?

Elle hoche la tête, le regard voilé, me serre très fort la main.

— Vous êtes un ange.

Et ce contresens me blesse autant par sa sincérité que par son absence d'écho. En dépit des pieux mensonges dont je me berce et des illusions que je crée, je sais ce que je suis par rapport à elle. Une force du mal manipulée pour son bien. C'est tout.

J'ai cru que l'escale à Bogota serait l'un des pires moments de ma vie. Seul dans une chambre à la crasse anonyme entre le son des klaxons, des télés, des disputes, des baises et des canalisations, je dormais d'un sommeil haché par les moustiques. La touffeur poisseuse de la nuit colombienne se faufilait sous la clim exténuée, dans une odeur de moisi où flottaient les reliquats de mes cauchemars.

Il n'était plus question de plante, ni de Martin, ni de Liz. Je ne pensais qu'à Muriel. À chaque réveil elle était là, devant mes yeux, confiante et paumée, terne et métamorphosée, en surimpression sur les empreintes de semelles et les traînées de sang qui recouvraient les murs. L'espoir immérité que plaçait Liz en moi ravivait mes remords envers celle qui, la première, avait tenté de m'aimer. Comme si Muriel était la seule personne que j'avais *réellement tuée* dans ma vie. Parce qu'on ne me l'avait pas demandé et que je n'avais rien vu venir.

Je l'avais soustraite à un quotidien sans issue, à ses désillusions qui l'asphyxiaient en vase clos, et l'existence dorée que je lui avais offerte, à la place, lui avait fait perdre en quelques semaines son attirance pour moi, sa dignité, le sens de ses rêves et son instinct de survie. Persuadé qu'elle était hors d'atteinte, je n'avais pas su la défendre contre elle-même ni la protéger de mes ennemis. Et la même fatalité allait s'abattre sur Liz. En définitive, j'étais aussi dangereux quand je voulais sauver une personne que lorsque j'étais chargé de l'exécuter.

Liz est venue taper à ma porte. Mais ce n'était pas le désir qui l'empêchait de dormir, c'était l'angoisse. La peur de mourir seule, trois étages plus haut, entre ses cloisons de moustiques écrasés identiques aux miennes. Conséquence du champagne, de la cabine pressurisée ou de la progression de la tumeur, sa migraine avait décuplé. Je l'ai couchée sur mon drap moite. Elle n'avait pas la force de parler. Elle n'avait plus envie que je la touche. Et le sommeil se refusait.

On a regardé sur la télé minuscule une série brésilienne. Et puis elle a éteint, soudain. Sans détourner les yeux de l'écran, elle a demandé :

— Vous avez l'habitude qu'on vous trouve irrésistible, ou vous m'avez prise pour une nympho ?

Je ne m'attendais pas à cette brusquerie. Il n'y avait pas d'agressivité dans sa voix, juste une espèce de dépit, de déception qui m'a serré le cœur. J'ai répondu sur un ton que j'aurais voulu moins faux :

— Ni l'un ni l'autre, pourquoi ?

— C'était quoi, alors ?

J'ai réfléchi, en appui sur un coude. Je n'avais pas droit à l'erreur. Encore moins à l'esquive. Elle a pris mon silence pour une fin de non-recevoir et m'a relancé, mais avec moins d'impatience que de résignation :

— Ça ne vous a pas du tout surpris, ce que je vous ai demandé dans l'avion.

— De vous caresser ? Si, bien sûr, mais…

— J'ai voulu vérifier si c'était juste un fantasme, une impression de ma part, ou si vous l'aviez déjà fait. Ce matin, dans ma chambre, avant de me réveiller.

Je n'ai pas dérobé mon regard. Je me suis relevé, pour respecter la distance qu'impliquaient ses paroles. Inutile de feindre ou d'essayer de se justifier.

— Ce n'était pas une impression, Liz. Je suis désolé.

Elle a sauté sur ses pieds, comme si sa migraine avait disparu, m'a rejoint devant la fenêtre.

— Non, au contraire. Merci, Glenn.

J'ai hoché la tête. Je ne comprenais pas où ces revirements étaient censés la mener. Les yeux brillants, elle a continué en se rapprochant de moi :

— Vous ne savez pas l'électrochoc que vous avez déclenché, la réaction en chaîne… Et ce n'est pas fini. Je peux ?

Je lui ai ouvert les bras. Mais elle voulait juste mon stylo. Elle a attrapé le sous-main crasseux posé à côté de la télé, et s'est rassise pour écrire à voix haute sur ses jambes croisées :

— Gordon Banks, je ne sais pas si tu liras un jour ces lignes, mais c'est une lettre d'adieu. Tu viens de perdre toute importance. J'ai cessé de t'en vouloir, à l'instant, voilà : je te pardonne pour me débarrasser de toi. Parce qu'il n'y a plus de place pour la haine dans la nouvelle vie que je commence.

Je la regardais, désarçonné, adossé au mur. Elle martelait ses phrases sur un ton aussi régulier que la cadence de sa main sur la feuille, sans une hésitation, sans une rature, sans un mot plus haut que l'autre.

— Depuis ce jour aux Bahamas, depuis ces attouchements dans mon sommeil que tu n'as même pas eu le courage de mener à terme, pauvre nul, tu me hantes, tu m'obsèdes et tu prends ton pied de voyeur avec ma peur, ma honte, mes blocages. Et ça, c'est un viol bien pire que ta petite langue et tes pauvres doigts de branleur. En cinq minutes, tu as détruit mon couple, tu as détruit mon amitié avec ta femme que je n'osais plus regarder en face. Mais j'en ai fini avec toi. Crève en paix ou non, je m'en fous.

Elle a cessé d'écrire, relevé la tête et poursuivi dans mes yeux :

— J'ai cru que j'étais dégoûtée du sexe à jamais, Gordon Banks. Tu vois comme on se trompe. Je viens de découvrir le plaisir, le vrai, dans les bras d'un homme doux, franc, généreux, qui me fait jouir en même temps que lui. Je ne suis plus souillée, je suis vivante, je suis heureuse, et le reste n'existe plus.

Elle a plié la feuille dans une enveloppe à l'en-tête de l'hôtel, l'a glissée dans ma poche en disant avec un demi-sourire :

— Ne me faites pas mentir.

Je l'ai prise dans mes bras, complètement retourné. L'émotion, le respect, le désir nés de sa lettre ouverte venaient de faire de moi un autre homme. Le sien. Je ne maîtrisais plus rien de ce qui se passait en moi. On s'est déshabillés l'un l'autre, avec une violence qui n'était que l'écho de ses phrases. En un instant, la guerrière est redevenue une petite fille blottie contre moi, et pourtant c'est moi qui m'abandonnais à elle.

J'avais eu des douzaines de femmes ; je découvrais le verbe être. *J'étais* Liz, son envie, sa détresse, sa rage de vivre, son trop-plein d'amour inemployé. Tout comme *j'étais* l'homme « doux, franc, généreux » que je voyais dans ses yeux. Et je ferais tout pour le rester. C'était ça, alors, la rédemption ? Vouloir devenir ce qu'on imagine de vous ? Se montrer à la hauteur d'un rêve ?

***

— Qu'est-ce qu'on va faire si je ne meurs pas ?

Ses premiers mots après l'amour, lancés d'un air mutin, comme une sorte de défi. J'ai répondu sur le même ton :

— On vivra pour trois.

— Chiche ?

Enlacés dans l'eau brunâtre de la baignoire, on s'est promis de mener à bien l'œuvre inachevée de Martin. Une fois la kimani libérée de l'empire cosmétique, on irait de forêt en forêt, de peuple en peuple ; on les aiderait à décrire leurs plantes médicinales, à publier leurs caractères pour qu'elles ne soient plus brevetables par les laboratoires. Je caressais l'avenir dans le sens de ses rêves, pour ne pas gâcher ces instants, mais je sentais, de son côté, les projets prendre corps au pied de la lettre. Elle croyait en nous, et tout devenait possible.

On a refait l'amour jusqu'aux premières lueurs de l'aube, pour ne pas s'endormir, pour ne pas rater l'avion, pour confirmer jusqu'à l'épuisement l'incroyable énergie qu'on puisait l'un dans l'autre.

— Toi aussi, tu caches quelque chose au fond de ton cœur, a-t-elle déclaré d'un ton définitif en s'échouant sur moi.

Je n'ai pas démenti. On a calmé notre respiration en ruisselant côte à côte.

— Il y a qui dans tes yeux, quand tu jouis ? Tu n'es plus le même homme. Je peux tout entendre, tu sais. Sauf le silence.

J'ai répondu qu'il n'y avait qu'elle dans ma vie.

— Mais c'est quoi, ta vie ?

— C'est ce que nous en ferons.

— Je ne peux pas aimer un homme sans connaître son passé.

— Un jour, je te donnerai toutes mes clés.

— Qui est-ce, Muriel ?

Je n'ai pas tressailli. J'attendais la suite. Elle m'a dit que j'avais parlé en dormant, dans l'avion. Je me suis efforcé de sourire, avec une mélancolie qui n'était pas vraiment feinte.

— C'est de l'histoire ancienne. Qu'est-ce que j'ai raconté ?

— Rien. Tu l'as appelée. Quatre fois.

— J'ai dû faire un cauchemar.

— Et Howard ?

Là, ma gorge s'est nouée. J'ai sondé son regard, en alerte. J'avais du mal à croire que mon inconscient ait pu laisser échapper deux noms aussi révélateurs. Associer dans le même rêve la maîtresse tuée à cause de moi et l'ami soupçonné de vouloir ma perte, c'était possible, mais de là à les appeler... Jamais on ne m'avait rapporté que je parlais la nuit. Il faut dire que j'avais toujours dormi seul, avant Muriel. Et elle mettait des boules Quies.

J'ai répondu, vague et détaché :

— Ce sont des gens qui ont compté à un moment de ma vie, c'est tout.

— Pourquoi tu te reproches leur mort ?

J'ai pris un air tombé des nues, tout en cherchant quels mots j'avais pu employer dans mon sommeil pour provoquer cette question.

— Tu n'es pas obligé de m'en parler, a-t-elle dit en devançant ma réponse. Si c'est trop lourd à porter, mets-le dans une lettre, comme moi. Libère-toi.

C'est ce que je suis en train de faire aujourd'hui – pour le meilleur ou pour le pire. Mais je n'ai plus le choix.

On a pris un taxi pour l'aéroport, dans une circulation aussi dense et anarchique que la veille. Rien n'avait changé, à part nous, et ce décalage nous gardait collés l'un à l'autre comme pour éviter la contagion du monde.

Une idée fixe tournait en moi. Une appréhension, un refus, un espoir ; ça changeait à chaque coin de rue. Mais c'était une intuition très forte, une quasi-certitude que je croyais être seul à ressentir. On avait fait l'amour sans protection, et elle tomberait enceinte.

Ce n'est qu'après le contrôle des passeports qu'elle m'a glissé à l'oreille, sur un ton administratif :

— Il n'y a pas de problèmes de mon côté. Si j'ai un enfant, je l'appellerai Martin.

Et elle m'a pris le bras avec un soupir de dérision qui a achevé de me déstabiliser. Elle savait. Elle savait que j'avais lu le journal intime de son mari. Elle avait tout compris, tout déchiffré sur mon visage. Cette femme que j'avais cru rassurer, troubler, séduire, de mensonge en mensonge, n'était dupe de rien. Jusqu'à quel point jouait-elle avec moi ? Elle était en mode survie, depuis trois ans ; elle n'avait rien à perdre. Rien à se refuser, dès lors qu'on lui redonnait une raison d'exister. Dès lors que s'imposait la nécessité d'une nouvelle rémission. Face à la mort, une condamnée en sursis est bien mieux armée qu'un tueur.

— Je plaisantais, a-t-elle précisé en voyant que je prenais sa boutade au sérieux.

On est restés silencieux le temps du vol. Ses deux derniers mots n'avaient pas clos le sujet, au contraire. Plus que jamais, à travers les obsessions cliniques et désespérées de son journal, Martin pesait entre nous. Chaque regard, chaque geste, chaque élan fusionnel nous ballottait sans transition du malentendu à la connivence, de la gêne à l'intimité. J'avais parfois l'impression qu'elle mentait avec une sincérité analogue à la mienne. La seule vérité indéniable, entre nous, c'était ce besoin d'être ensemble. Et cette lettre au salaud qui jusqu'alors avait détruit sa vie – cette lettre glissée dans ma poche, dont je ne savais que faire. Voulait-elle que je la poste, que je la brûle, que je la garde ? Elle avait éludé la question : c'était à moi de choisir, d'achever à ma façon l'exorcisme qu'elle avait entrepris. Je portais son secret. J'étais son espoir, son défi, sa revanche. Et cet emploi du verbe être devenait ma véritable identité.

**

Arrivés à Quito, on embarque dans un petit bimoteur rafistolé qui assure la liaison avec l'aérodrome

Shell, le plus proche du territoire yumak. Liz m'a prévenu : il faudra improviser, ensuite, et faire confiance à l'autochtone. Ses douleurs crâniennes étaient telles, la dernière fois, qu'elle n'a aucun souvenir de l'itinéraire en pirogue sur les différents ríos. Et les cartes n'indiquent pas le nom des villages indiens, afin de préserver l'emploi des guides. Lesquels, une fois sur trois, sont des racketteurs qui abandonnent les touristes aux joies de la jungle après les avoir détroussés.

— Bienvenue en Amazonie, conclut-elle. Ça te changera de Disneyworld.

Le pilote est un obèse qui tient tout juste dans son cockpit. Heureusement pour la répartition du poids, un troisième passager nous rejoint dans la carlingue. Il nous serre la main, nous rassure d'emblée sur la vétusté apparente du zinc : il est un habitué de la ligne et il est toujours arrivé à bon port, sinon à l'heure.

— Vous venez pour le plaisir ? demande-t-il, perplexe.

Liz le jauge sans répondre. Je nous présente comme un couple de touristes se rendant chez les Yumak de Shayabo. Il connaît de nom. Il est ingénieur pétrolier à la Compagnie générale de combustible et rejoint Terrapuya, son camp de forage. Il propose de nous y déposer : nous ne serons plus qu'à deux heures de pirogue de notre village.

Liz accepte avec un enthousiasme qu'elle m'explique à l'oreille, sitôt après le décollage. La zone est de plus en plus militarisée, à cause des révoltes indiennes : voyager sous la protection des pétroliers évite beaucoup de retards, de contrôles et de bak-chichs. L'ingénieur sort de sa mallette un iPad et des dossiers, se plonge dans son travail. Le pilote chante une espèce de flamenco mortifère, ponctué de jurons et de coups de poing sur ses cadrans. Vidés par notre nuit blanche, serrés l'un contre l'autre sur les sièges défoncés, Liz et moi sombrons dans un sommeil ballotté par les vibrations et les turbulences.

L'atterrissage nous réveille en sursaut. Dès l'ouverture de la porte, l'humidité étouffante nous inonde de sueur. L'ingénieur est dans le même état que nous, malgré l'habitude. Il nous entraîne vers l'embarcadère jouxtant les baraquements de l'aérodrome, qui ont l'air déserts. L'heure de la sieste. Un employé de sa compagnie l'attend devant une pirogue au moteur flambant neuf. On se salue, on échange des politesses et on embarque.

Je ne me suis pas méfié une seconde. Ni mon instinct, ni mon expérience, ni leur comportement n'ont déclenché le moindre signal d'alarme. Dix minutes après le départ, alors que la chasse aux moustiques mobilise mon attention, je vois soudain le piroguier se ruer sur Liz, tandis qu'une douleur fulgurante traverse ma cuisse. Je bloque aussitôt le poignet de l'ingénieur, sors sa lame de ma plaie. Le même poinçon brille à dix centimètres de la poitrine de Liz. Elle résiste, arc-boutée. J'enserre d'un coup mon agresseur, puis, maintenant son bras en avant, je le projette sur son complice qui se protège par réflexe, et ils s'embrochent l'un l'autre.

Le temps de les balancer par-dessus bord, je me retrouve à plat ventre, la joue contre le fond de la pirogue. Les cris de Liz me parviennent, lointains, étouffés. Je me redresse à la force des bras, les jambes paralysées, une barre comprimant ma poitrine. Je vois les deux hommes couler à pic dans l'eau rougeâtre, sans pratiquement se débattre. L'instant d'après, ma vision se dédouble. Liz est sur moi, déchirant mon pantalon, pressant la plaie, aspirant mon sang, crachant, aspirant à nouveau.

Ma dernière pensée consciente fut qu'elle allait mourir du poison qu'elle essayait de m'extraire.

Les vrilles de la kimani s'allongent, se tendent vers moi, s'enroulent autour de mon corps, mais à mesure qu'elles m'enserrent l'étouffement diminue. Je sens ma respiration revenir, le sang fourmiller dans mes veines, des mouvements agiter ma torpeur…

Quand je reprends conscience, je suis sur un lit de feuilles à l'intérieur d'une cabane à claire-voie, malaxé par deux Indiens qui frottent mon corps avec des plantes incroyablement puantes. La nausée doit faire partie du traitement. Après chaque vomissement, ils rattachent la couronne de feuilles macérées autour de mon crâne. Épuisé par les spasmes et la sueur qui me vident sans fin, je reperds connaissance.

Autour de moi, des dizaines d'hommes identiques, costume noir et portable à l'oreille, se croisent en parlant dans le vide, raides et lents, tombent les uns sur les autres comme des arbres fauchés par une tempête. Les suivants les enjambent, absorbés dans leur monologue. Une lumière rouge estompe leurs silhouettes autour de mon lit. Une brume de sang, qui redessine les contours de la kimani. Cette fois, son étreinte est purement spirituelle. J'ai une seule sensation : un accroissement continu, incontrôlé de ma conscience. Je quitte les limites de mon corps, je deviens le lit, les soigneurs, les plantes, le sol, les microbes, les étoiles…

***

Lorsque j'ai rouvert les yeux, c'est comme si j'avais effectué un saut dans le futur. À la place des onguents et des emplâtres de feuilles sur mon front, il y avait un casque à électrodes relié à un ordinateur portable. La fièvre et la pénombre me permettaient à peine de distinguer la silhouette qui manœuvrait le clavier. Les Indiens avaient disparu.

J'ai demandé où était Liz. Sans relever la tête de son écran, le claviste m'a informé dans ma langue, sur un ton rassurant, que le poison qui me paralysait était d'origine cent pour cent végétale. Il m'a recommandé de transpirer, de ne pas parler et de ne penser à rien. J'ai dû m'évanouir à nouveau. Les messages que je recevais dès que je lâchais prise me semblaient incroyablement clairs. Je savais tout de la vie, de la mort, de l'interaction universelle et de l'avenir que j'avais les moyens de créer. Je n'en ai plus aucun souvenir, aujourd'hui. Comme si la sève empoisonnée, en se retirant par tous les liquides de mon corps, avait emporté les secrets qu'on avait brièvement partagés.

Les cris de singes et d'oiseaux m'ont ramené au présent. L'informaticien, en rajustant les électrodes sur mon crâne, m'a raconté comment j'étais arrivé là. Grâce à la présence d'esprit de ma compagne, la substance paralysante n'avait pas eu le temps d'atteindre les poumons ni le cœur. Liz avait réussi à mener notre pirogue jusqu'à un poste militaire au bord du río Zapo. Elle avait juste eu la force de raconter l'agression et de donner notre destination, puis elle s'était effondrée à son tour, victime du poison qu'elle avait ingéré dans ma plaie. Son état semblait plus grave que le mien. Un médecin de l'armée devait arriver dès que possible. En attendant, elle était dans une case de réanimation, aux mains des chamanes qui ne laissaient entrer personne.

Je n'ai rien dit. J'avais cru nous mettre à l'abri au fin fond de cette jungle, et ce n'était qu'un sursis de plus. Si la Section 15 nous avait localisés en Équateur sans mon portable anglais ni celui de Liz, c'est qu'ils possédaient un autre système de détection. Qu'on survive ou non au poison, le résultat serait le même.

— Vous bougez ! s'est émerveillé le type.

Il regardait mes doigts. Il a frappé dans ses mains.

— Génial ! Mais il ne faut pas s'emballer, c'est peut-être simplement des vers qui ont niché sous vos ongles. Je reviens dans un moment, détendez-vous.

***

J'ai mis deux jours à retrouver le contrôle de mes membres. Il n'arrêtait pas de pleuvoir. Le village yumak n'avait plus rien de commun avec les photos que j'avais découvertes dans les archives de Martin. Quant aux Indiens, ils étaient à l'opposé de ce que j'avais imaginé. Les anges gardiens de la forêt étaient devenus des guerriers démobilisés, lugubres, hagards. J'avais pensé découvrir un paradis perdu, je me retrouvais dans un enfer en construction. Aux abords immédiats du village, les équipes de chantier déboisaient, creusaient, bétonnaient, édifiant des miradors et des postes de garde le long des clôtures électrifiées qui interdisaient aux Indiens l'accès de leur forêt.

Les hommes nus couverts de peintures rituelles étaient en nombre infime par rapport aux autres. On distinguait trois sortes de cirés : les kaki de l'armée, les orange du génie civil, et les vert pomme de Hessler & Peers qui donnaient des ordres à tout le monde. Et puis, zigzaguant sans relâche parmi les silhouettes en plastique, il y avait un Burberry. Totalement incongru dans cette jungle dévastée, le petit bonhomme à lunettes embuées, calvitie entourée de mèches en tire-bouchon et moustache de vieil ado, courait d'une cabane à l'autre avec son ordinateur protégé par un sac isotherme. Son imper de *college boy*, ruiné par la boue et le feuillage, avait les poches gonflées de dictaphones et de carnets de notes sous cellophane. Il le portait à l'envers, côté doublure à carreaux, pour se rendre plus visible dans le brouillard de pluie où manœuvraient les engins de chantier.

Le Burberry s'appelait Arnold Ibsen. Docteur en anthropologie, directeur de recherche sur les peuples premiers à l'université de Stanford, il faisait partie d'une ONG sillonnant la forêt amazonienne pour recueillir les traditions orales des Indiens en voie d'extinction qui, le plus souvent, avaient déjà tout oublié et lui racontaient n'importe quoi par sens de l'hospitalité. Aussi épuisant qu'infatigable, l'anthropologue à carreaux enregistrait, recoupait, classait, retranscrivait, constituant une bibliothèque de mémoire pour les générations futures.

— C'est mission impossible, mais je suis payé une misère, concluait-il avec une sorte de fierté maso. Et puis j'ai des compensations : même quand les chamanes n'ont rien à me dire, j'apprends comment ils pensent. Je leur branche des électrodes pour voir en imagerie cérébrale quelles zones s'activent lorsqu'ils sont en transe, et ça c'est génial, mais ça sert à quoi et ça intéresse qui ?

Profondément dépressif, passant dans la même phrase de l'exaltation bourrative au pessimisme indigeste, Arnold Ibsen prônait le sauvetage par l'écrit dans un monde d'analphabètes, ce qui lui donnait un sentiment de gâchis sans conséquence dont il tirait la gloire amère des martyrs inconnus. L'espoir à outrance alternait sans fin chez lui avec la lucidité suicidaire, et ses rares moments de sommeil étaient appréciés par tout le monde.

Son ordinateur, en revanche, faisait l'unanimité. Le sac isotherme contenait bien plus qu'un portable : les logiciels et le casque à électrodes avaient transformé son PC en unité de soins.

— Ça s'appelle un Physiolap. Ça me fournit à la fois le diagnostic et le traitement par bio-feedback. Je serais mort depuis longtemps, sinon, dans cette jungle de merde. Le problème, c'est la batterie : sans les groupes électrogènes de l'armée, je suis foutu.

Couvrant de sa voix de fausset les bips de mon traitement, il m'expliquait le principe de son engin. Sur l'écran relié à mon crâne scintillaient, à l'intérieur d'une silhouette, des dizaines de triangles aux couleurs variées reflétant mon état de santé. Les cellules de chaque organe émettant une fréquence particulière en conditions normales, toute anomalie transmise par l'influx cérébral colorait les différents triangles en jaune, rouge ou noir. Il suffisait, via les électrodes, de renvoyer aux cellules leur signal de bon fonctionnement pour qu'elles *corrigent* d'elles-mêmes, si le problème était bénin et la pathologie débutante. Ça ne guérissait pas ; ça réharmonisait.

— L'ordinateur imite ce que font les plantes, soupirait le rebouteux informatique, mais il ne saurait les remplacer.

En tout cas, ça n'avait pas eu d'effet sur la fièvre de Liz. Les deux chamanes à son chevet, disait Ibsen, se disputaient sur la nature de la sève qui avait envahi son système digestif. Salawaya ou Mihuali, ils ne savaient pas quel esprit végétal appeler en consultation pour identifier la cause et le remède. S'ils s'adressaient au mauvais en premier, l'autre se vexerait et ferait la sourde oreille en deuxième instance. En fait, ces chamanes n'étaient que les apprentis formés par le vieux sorcier Juanito, qui avait dû quitter la tribu avant que ses remplaçants soient au point.

— Ils disent qu'il faut garder espoir, a conclu Ibsen sur un ton résolument défaitiste.

Soûlé par les rafales d'informations qui crépitaient dans son débit de Kalachnikov, je lui ai demandé s'il était présent, trois ans plus tôt, quand Juanito avait soigné Liz.

— Non, mais j'ai lu, a-t-il répondu en désignant la sacoche en daim râpé posée contre un pilier. Je fouillais dans vos papiers pour savoir si vous aviez des antécédents médicaux, des allergies, et je suis tombé sur les écrits de Martin Harris. Je le connaissais de réputation. Il avait envoyé une pétition à mon ONG, un peu avant sa mort, pour empêcher les cosmétiques de prendre un brevet exclusif sur la kimani. Il affirmait qu'elle avait le pouvoir de guérir les tumeurs causées par les téléphones portables.

Des bribes de rêves me sont revenues. Ces personnages uniformes qui tombaient comme des arbres autour de moi, téléphone à l'oreille. J'ai cligné des yeux pour chasser la vision. La tête en feu, je me suis remis à écouter Ibsen.

— … mais ça sert à quoi d'être sauvée, si c'est pour se retrouver veuve au bout de six mois et venir se faire trucider sur les lieux de sa guérison… Qui vous a attaqués, au fait ?

— Je ne sais pas.

— Et vous êtes là pour quoi, vous ?

J'ai raconté ce qui était racontable – la version que j'avais donnée à Liz. J'ai enchaîné très vite sur sa rechute probable.

— Je peux vous rassurer, de ce côté-là ; je l'ai passée tout de suite au Physiolap. Les cellules n'émettent aucun signal de pathologie dans l'encéphale – ou alors tout est masqué par l'empoisonnement. Le cerveau traite en urgence les attaques extérieures, c'est normal ; le développement cancéreux n'est pas perçu comme une intrusion.

— Mais il faut l'emmener dans un hôpital, vite !

Il a douché mon optimisme par un haussement de sourcils et une moue d'expérience : le seul équipement valable des hôpitaux, en Amazonie, c'étaient les congélateurs. Pour le reste, il valait mieux s'en remettre aux chamanes, sauf qu'ils étaient tous devenus des charlots, des épaves ou des escrocs.

— Seul Juanito a gardé le contact avec les esprits de la forêt, mais il est parti en maison de retraite à Quito. Il a cent deux ans, vous savez. Sans l'accès à ses plantes médicinales, il ne pouvait plus survivre ici. Alors oui, vous avez raison, autant transférer votre copine à l'hôpital de Bohia pour qu'elle y crève d'une infection nosocomiale, comme ça les professionnels de la santé n'auront pas perdu la face, cette fois, devant la médecine chamanique.

Sa neurasthénie d'hyperactif était terriblement contagieuse. À peine avait-on le temps de se raccrocher à la perspective d'un espoir que déjà il cassait la perche qu'il venait de tendre.

— Mais le savoir de ce Juanito, vous ne l'avez pas enregistré ?

Arnold Ibsen a haussé les épaules en regardant une araignée géante escalader son Burberry.

— Il a voulu imprimer directement dans mon cerveau.

— Et alors ?

— Il m'a flanqué la migraine, c'est tout. J'ai beau faire tous les efforts du monde, y mettre tout mon cœur et mon énergie, je suis un rationnel, moi ! Un universitaire. Les pratiques du chamanisme, à mon niveau, j'en constate les effets, mais ça demeure théorique.

Il a saisi une sagaie posée contre le mur de palmes, s'en est servi pour envoyer bouler l'araignée au pied de ma paillasse.

— N'importe comment, on est tous foutus, je ne vois pas pourquoi je m'accroche. Le peu de savoir que je recueille finira dans une banque de données que personne ne consultera, l'humanité continuera de crever de son inculture en accusant la crise, mais si moi aussi je renonce, à quoi ça rime d'être né ? Autant me foutre en l'air tout de suite, comme ça j'emmerderai moins les gens. Non ?

J'ai nuancé le pronostic d'un air poli. Il a redoublé d'amertume en désignant les triangles de mon cerveau sur son écran :

— Vous voyez bien que je vous gonfle : tout votre pariétal est dans le rouge. Ça fait dix ans que j'attends la bombe iranienne pour qu'on n'ait plus à penser au suicide, mais on ne peut compter sur personne. Je n'ai pas d'enfants, heureusement : fin de la saga Ibsen.

Pour le détourner un instant de ses projets d'avenir, je lui ai demandé s'il était parent du dramaturge.

— Non, du chocolatier. Mais c'est pas grave, tout le monde l'a oublié. Il a fait faillite en 1934, à peine installé aux États-Unis. Une gloire nationale, avant son exil. Les meilleures ganaches de Berlin. Fournisseur officiel du président Hindenbourg. Personne ne savait qu'il était juif, en plus, avec un nom pareil : il aurait pu rester tranquille à fabriquer des chocolats aryens. Au lieu de se faire mettre en liquidation judiciaire par l'administration Roosevelt, et de se tirer une praline pour échapper au déshonneur. À quoi ça sert de fuir les nazis, si c'est pour succomber au fisc ?

J'ai compati, en mordant mes lèvres. Au bout du compte, cette boule de nerfs surdéprimée finissait par devenir sans le faire exprès un assez bon euphorisant.

— Ravi de voir que je vous amuse, a-t-il grincé en me débranchant.

Deux coups de feu ont claqué dans la forêt. Ibsen a pris des jumelles, scruté la brume.

— Connard de môme. Il escaladait un des arbres qui restent le long de la clôture.

Après avoir observé un instant la scène, il est revenu vers moi en soupirant dans un effort d'optimisme :

— S'il essayait d'aller voler une plante, c'est peut-être que les chamanes ont reçu une réponse pour votre copine.

Sa main droite a recommencé à larguer les amarres de mon crâne. J'ai refermé les doigts sur son poignet.

— Je veux voir Liz.

— Vous n'êtes pas en état de vous lever.

Je me suis mis debout d'une détente, envoyant valdinguer son ordinateur auquel une dernière électrode me reliait. Bouche bée, il fixait le Physiolap échoué dans la boue. Je l'ai ramassé en le priant de m'excuser. Il me l'a arraché des mains, a vérifié son fonctionnement, les mâchoires crispées, s'est empressé de nettoyer les touches en alternant cure-dents et coton-tige. Puis il l'a renfermé dans sa housse, m'a regardé tituber sous la pluie, et il est sorti pour me soutenir.

***

Couchée sous trois épaisseurs de parkas militaires, Liz grelottait en délirant. Un officier était en train de lui prendre la tension. Quand il a retiré le brassard d'un air pessimiste, je l'ai interrogé en espagnol. Froidement, il s'est tourné vers les deux jeunes chamanes accroupis avec un air puni dans un coin de la case, m'a dit que ces irresponsables n'avaient fait qu'aggraver l'intoxication avec leurs herbes.

Le bruit d'un hélicoptère a interrompu sa diatribe. Deux soldats ont surgi pour évacuer Liz sur une civière. Je me suis interposé, j'ai voulu savoir où ils l'emmenaient. L'officier m'a demandé mon passeport. J'y ai glissé discrètement un billet de cent dollars, qu'il a aussitôt refusé. Mais c'était moins une question de principe que de montant. Au terme d'une rapide négociation, il s'est engagé, pour dix fois la somme, à faire soigner Liz dans le meilleur hôpital militaire de la capitale – ce qui était peut-être déjà son intention, mais je préférais ne pas prendre de risque.

En ressortant des billets, je lui ai demandé combien me coûterait un plant de kimani. Son visage s'est refermé aussitôt. Il m'a prévenu sur un ton définitif que l'escadron avait ordre de tirer sur quiconque essayait de franchir le grillage électrifié. Je n'ai pas insisté. Je me suis contenté de réclamer une place dans l'hélicoptère.

Alors il s'est passé une chose étrange. Les deux chamanes ont lancé trois mots en se levant d'un bond, les yeux fixés sur moi. Et Arnold Ibsen a plongé dans mon regard avec une attention crispée. Je lui ai demandé ce qui leur prenait.

— N'y allez pas, a-t-il soufflé d'une voix blanche.

— Pourquoi ?

— Ils disent que vous avez le *shaka sok nombi*.

— C'est quoi ?

— Je ne sais pas.

On a attendu qu'ils précisent leur diagnostic. Ensuite Ibsen m'a observé prudemment, du nombril au menton, avant de me traduire dans le creux de l'oreille :

— Le serpent de lumière double qui sort de votre chakra du cœur. Moi je ne vois rien, mais pour eux c'est un signe de Juanito.

— Et alors ?

— Attendez que j'affine.

Il s'est mis à baragouiner à pleines mains le dialecte indien, s'efforçant d'exprimer en langage sourd-muet les mots qui lui manquaient. Les chamanes lui ont répondu d'une seule voix. Il s'est retourné vers moi.

— Ils disent que vous devez rester ici, avec eux. Pour travailler sur votre amie à distance.

J'ai soutenu le regard intense des deux chamanes. Ibsen a poursuivi sur le même ton, la main sur mon épaule :

— Maintenant, ne vous emballez pas, c'est peut-être juste par rapport aux dollars. Quand ils voient le montant de vos bakchichs, ils préfèrent vous garder.

Avec un brin d'impatience, le médecin capitaine m'a demandé si je prenais ou non l'hélicoptère. J'ai éprouvé le même froid dans la poitrine, la même sensation d'étau à l'intérieur du crâne que lorsque je me réveillais en pleine nuit, à Sheldon Place, avec l'image de la kimani. J'étais incapable de bouger. Sur la civière qui l'emportait, Liz tournait vers moi une lueur de supplication dans son regard fébrile. Je ne pouvais pas l'abandonner. Et je ne pouvais pas la suivre. Au plus profond de moi, je sentais que ma place était ici. Pour elle. Sans que je sois maître de mon geste, j'ai sorti le nouveau portable prépayé que j'avais acheté à l'escale de Bogota, et je l'ai prise en photo.

L'officier fait volte-face avec un haussement d'épaules. Je le rejoins sous la pluie, lui demande les coordonnées de l'hôpital. Il me répond en marchant vers le vieil hélicoptère kaki, au milieu des soldats qui déchargent des caisses de vivres et de munitions.

Une seconde civière est posée dans la clairière, entourée par une dizaine d'Indiennes que le médecin écarte sans ménagement. Il se penche sur l'enfant blessé, l'examine. Alors une des Yumak se rue sur lui, l'empoigne et le tire en arrière. Des soldats se précipitent, canons pointés. Le médecin capitaine les arrête d'un geste. Il affronte le regard haineux de l'Indienne, fouille dans sa poche, lui tend quelques-uns de mes billets. Elle les prend, les lui jette au visage. L'officier hausse les épaules, tourne les talons et monte dans l'hélicoptère. Dès qu'elle a rejoint les autres femmes autour du petit blessé, un des soldats se penche pour ramasser les dollars.

Je dépose un baiser sur les lèvres de Liz. Je murmure que je suis connecté à Martin et qu'il ne lui arrivera rien. Je la soignerai d'ici avec l'ayahuasca, cette nuit. Ce n'est pas moi qui parle, c'est comme une pulsation, une poussée de mots, une évidence qui me traverse. Elle hoche la tête, faiblement, sourit, cherche mes doigts. Et la civière l'emporte.

J'ai regardé l'hélicoptère qui s'élevait, le souffle des rotors qui arrachait les feuilles séchées sur les arbres abattus autour de l'aire d'atterrissage. Puis j'ai détourné les yeux, j'ai vu quatre Indiens hors d'âge ramasser les quelques plantes qui poussaient en lisière, de leur côté de la grille. D'autres serraient leur paquetage dans une étoffe grossière, emportaient leurs lances et leurs sagaies vers leurs pirogues. Ibsen commentait, amer :

— Ils n'ont plus rien à faire ici, sans la forêt pour chasser ou cueillir leurs plantes. De quoi voulez-vous qu'ils vivent ? C'est comme si on laissait gentiment les abeilles habiter leur ruche, avec une moustiquaire tout autour pour les empêcher d'aller butiner.

— Et vous, avec votre ONG… Vous n'avez pas protesté ?

Il a répliqué d'un ton sec que s'il se mettait l'armée à dos, elle lui interdirait l'accès aux Indiens. Il avait dû choisir : recueillir leur savoir ou prendre leur parti.

Je n'ai pas fait de commentaire. J'ai désigné un groupe de jeunes aux peintures bariolées, encadré de cirés kaki et vert pomme, qui entrait dans la forêt par l'une des portes ménagées dans la clôture électrifiée, aussitôt refermée par la garde.

— Et ceux-là ?

— Des collabos, a répondu l'anthropologue, sombre. Ils acceptent, moyennant une misère, de leur montrer les recoins où pousse la kimani, et la manière de la cueillir pour favoriser la repousse. Le reste du village part au nord, chez les Kichwa de Sarayaku. Ils ont gagné, eux. Enfin, provisoirement.

Il m'a expliqué le combat de ce peuple beaucoup plus offensif, qui bataillait depuis des années contre la confiscation de son sous-sol par les compagnies pétrolières.

— La Cour interaméricaine des droits de l'homme leur a donné raison et, pour médiatiser cette première victoire, ils ont lancé un programme complètement dingue, appelé Frontière de vie : planter tout autour de leur forêt dévastée des arbres dont la canopée fleurit. Afin de matérialiser, vu du ciel, la réalité du territoire dont on voulait les chasser. Le gouvernement équatorien a très mal vécu cette humiliation, et les Yumak en font les frais. Du coup, ceux d'entre eux qui s'opposent à l'Occupation cosmétique préfèrent s'expatrier, pour aider les Kichwa dans la pépinière qu'ils ont créée à Wahuri.

— Et vous êtes de quel côté, vous ?

Il m'a toisé par-dessus la buée de ses lunettes. Puis, avec une dignité lucide, il a répondu qu'il était venu étudier la scission de la communauté yumak pour rédiger un rapport incendiaire destiné aux poubelles de l'Unesco.

J'ai regardé les deux apprentis chamanes qui pressaient un fruit pourri sur la blessure de l'enfant. Je me suis dirigé vers eux. Le gamin était déjà debout, fixant d'un air fier l'estafilade sanglante sur son épaule, comme s'il s'agissait d'un tatouage, d'un rite initiatique. Ibsen est venu me rechercher avec un regard sévère : ma place n'était pas là.

On a rejoint les quatre vieillards qui pilaient le feuillage dans un mélange de terre et d'eau. L'un d'eux s'est adressé à moi sur un ton d'excuse.

— Ils n'ont plus accès à l'ayahuasca, m'a traduit Ibsen avec froideur. Il leur reste juste ces quelques pieds de chacruna. C'est une plante de transmission un peu moins efficace, mais si elle a quelque chose à vous dire, elle vous le dira.

***

De la séance de transe, je n'ai qu'un souvenir de nausée, de cacophonie et de cauchemars absurdes. Suivant les conseils d'Ibsen qui se tenait à mes côtés devant le feu de camp, j'ai posé mentalement, de toutes mes forces, les questions qui me hantaient au sujet de Liz. Après quoi j'ai bu le liquide amer, épais, verdâtre, qui s'est transformé presque aussitôt en images jaillies de mon plexus solaire.

J'ai reconnu le serpent de lumière décrit par Martin dans ses notes – cette double colonne ondulante qu'avaient perçue les chamanes dans l'après-midi. Elle se densifiait à mesure que je chantais avec eux l'*icaro*, la mélodie rituelle dont chaque note imprimait une teinte particulière à l'hallucination.

Puis une sorte de vague intérieure m'a soulevé brusquement. J'ai eu l'impression de sortir de mon corps, de m'arracher à un vêtement collant. Et je me suis retrouvé le nez sur mon passeport, un passeport grand comme une paroi rocheuse que j'escaladais de lettre en lettre, dans un écho répétant sans fin mon nom d'emprunt.

Un déplacement brutal du passeport m'a soudain fait dévisser et, par un effet de zoom arrière, j'ai découvert ma photo d'identité. C'était une tête de mort. La transe a basculé dans le sommeil sans autre explication.

Le matin, l'anthropologue a surgi dans ma cabane, atterré, avec la mallette de son téléphone satellite. Il venait d'appeler l'hôpital militaire : Liz était tombée dans le coma.

Je ne savais que penser. Ma première réaction fut tout à fait égoïste : peut-être fallait-il qu'elle traverse la même expérience que moi pour que nous puissions véritablement nous rejoindre. Elle se réveillerait amnésique, et je lui réapprendrais ses souvenirs. Ainsi la boucle serait bouclée, et tout mon parcours justifié par ce contre-emploi : l'aider, moi l'imposteur chronique, à redevenir elle-même.

Un hydravion aux couleurs de Hessler & Peers s'est posé à midi sur le río devant le village. Tandis que les vert pomme y chargeaient des caissons de kimani sous vide, j'ai dit à leur chef que la meilleure amie de son directeur général venait d'être hospitalisée à Quito. Spontanément, il m'a proposé une place. J'en ai demandé deux. Arnold Ibsen m'a entraîné à l'écart pour protester : il ne voulait pas cautionner la mainmise des cosmétiques sur le patrimoine yumak en montant dans leur hydravion. Je lui ai répondu qu'une pirogue était beaucoup moins rapide : il devait d'urgence me conduire auprès de Juanito. Si le vieux chamane avait sauvé Liz une première fois, il saurait peut-être la faire sortir du coma. Mais j'avais besoin d'un interprète.

Il m'a regardé comme un bug sur son écran.

— Pardon, mais en quoi ça me concerne ?

— Vous l'avez traitée avec vos ondes électromagnétiques.

— Et alors ?

Je lui ai rappelé que j'étais avocat, et que je le défendrais gratuitement si la famille de Liz se retournait contre lui pour exercice illégal de la médecine.

Une heure plus tard, on embarquait dans l'hydravion-cargo, parmi les containers scellés aux couleurs de la marque. L'ironie de la situation me séchait la gorge. Sans Liz, cette promiscuité forcée avec la kimani perdait tout son sens. Libérer cette plante, lutter pour ce peuple ne rimait plus à rien, si elle succombait au poison qui m'était destiné.

L'hydravion a pris de l'altitude, et j'ai eu un choc en découvrant la forêt. Tandis que rétrécissait le chantier boueux auquel, jusqu'alors, s'était résumée pour moi l'Amazonie, l'ampleur du défi m'a redonné du cœur au ventre. J'étais fasciné par l'immensité verte balafrée de routes et de puits de forage. Et je prenais conscience d'un fait plus que troublant : pas une fois mes souvenirs de Steven Lutz n'avaient interféré avec ma présence en ce lieu. Pourtant j'avais exécuté deux contrats en Amérique latine, sans parler des opérations commando contre le Sentier lumineux au Pérou. J'avais l'expérience de cette jungle. Mais la mémoire de ma première vie s'effaçait. Ou plutôt : *elle ne répondait plus.* Parce que j'avais cessé de la questionner.

J'ai repensé à cette définition dont se délectait le Dr Netzki : « L'ego, c'est une concierge qui ne connaît pas tous les habitants de l'immeuble. » Désormais, dans l'immeuble, il n'y avait plus que Martin Harris. Mais je ne le connaissais pas davantage et l'immeuble était condamné.

Arrivé à Quito, j'ai laissé Ibsen se rendre seul à l'hôpital militaire. Tout ce que je pouvais faire pour Liz, dans l'immédiat, c'était la tenir à distance de mes poursuivants.

J'ai pris une chambre dans l'hôtel minable où descendait l'anthropologue entre deux moissons de culture tribale, j'ai foncé sous la douche et je me suis récuré jusqu'au sang. Depuis l'attentat de Sheldon Place, j'avais changé de portable, de montre, de lunettes, de vêtements et de passeport : je ne voyais pas ce qui avait permis de me localiser en Équateur. J'avais été repéré en tant que Glenn Willman, certes, mais le nom sous lequel j'avais embarqué à JFK, Robert Elmett, je ne m'en étais jamais servi. Une antenne de l'OTAN à Kaboul avait fabriqué devant moi ce passeport diplomatique, juste avant d'être détruite dans un attentat suicide. Aucun témoin, aucune archive, aucune fuite possible – simplement une qualité de fabrication un peu artisanale, mais la Section 15 en ignorait l'existence ; je m'étais gardé cette identité vierge pour le jour où je prendrais ma retraite.

Je voyais donc une seule explication à ma traça-bilité : les *smart dusts*. Ces nano-particules qu'une simple poignée de main suffit à insérer dans l'épi-derme, et qui vous transforment en GPS. J'ignorais quelle était leur longévité, leur résistance aux détergents. Les satellites pourraient-ils me repérer indéfiniment ?

Décapé jusqu'au sang par la pierre ponce et le gant de crin, j'ai ouvert la sacoche en daim de Martin, j'ai ressorti le dossier de la kimani, et je me suis remis dans la peau de l'avocat d'affaires en qui Liz avait placé les derniers espoirs de la plante. Alors que j'étu-diais sa composition, j'ai eu soudain une inspiration dont je suis allé vérifier le bien-fondé sur Internet.

Après une heure de contacts téléphoniques plutôt fructueux, je suis descendu au bar de l'hôtel rejoindre Ibsen qui était revenu bredouille. L'hôpital militaire se trouvait dans l'enceinte d'une base aérienne tota-lement interdite aux civils. Aucune visite possible. La seule bonne nouvelle était que l'IRM avait confirmé l'absence de tumeur dans le cerveau de Liz. En revanche, malgré le lavage d'estomac, la transfusion de sang et les antibiotiques à haute dose, son coma demeurait en phase 3 – le dernier stade avant la mort clinique.

Je n'ai pas fait de commentaire. Ibsen se morfon-dait à la perspective du procès que les héritiers de Liz allaient lui intenter. Soucieux de le garder opéra-tionnel, je lui ai confié que j'avais un peu exagéré les risques pour lui forcer la main : Liz n'avait plus de famille. Il m'a remercié. Puis il m'en a voulu. Puis il s'est reproché de n'avoir pris à cœur la survie de ma compagne que par intérêt personnel, alors que peut-être elle était dans cet état parce qu'il n'avait pas fait venir assez vite le médecin militaire au village yumak.

J'ai coupé court en disant qu'il était temps de rencontrer Juanito. Plus que jamais, le vieux chamane m'apparaissait comme le recours ultime. Dès l'instant où l'anthropologue m'avait parlé de lui, j'avais senti une vibration bizarre, une empreinte qui reprenait forme, un canal qui se rouvrait. Comme si ce vieillard inconnu qui servait d'ambassadeur au règne végétal était le véritable objectif de ce voyage en Amazonie.

— Allez hop ! a soupiré Ibsen en se dressant avec ardeur, dans un effort de boy-scout pour se remonter le moral. À la maison de retraite !

**

C'était une petite momie ratatinée sur fond de grues et de volcans, assise en tailleur dans le gravier d'un toit-terrasse. Juanito ne faisait pas ses cent deux ans ; il en paraissait bien plus. En bermuda, torse nu, il avait les os saillants, la peau en berne, les muscles fondus, mais une incroyable puissance émanait de lui tandis qu'il gonflait ses poumons, tourné vers les panneaux photovoltaïques disposés sur le toit de l'immeuble voisin.

Ibsen m'avait prévenu : le vieux chamane était héliovore. Œsophage, estomac et intestins hors service, il n'avait plus rien ingéré depuis des mois, mais son pouvoir de concentration et la maîtrise de son corps lui permettaient de transformer directement l'énergie solaire en protéines, graisses et sucres. Pour dégonfler sa renommée nuisible à la tranquillité de l'établissement, les aides-soignants cachaient dans sa chambre des emballages de Mars et de Kinder Surprise.

Je l'ai salué à la manière yumak, comme l'anthropologue me l'avait appris, et je me suis assis à ses côtés dans le gravier parcouru de câbles d'antennes. Il m'a étudié lentement, explorant chaque centimètre carré de mon visage comme s'il le cartographiait, avec, à intervalles réguliers, d'imperceptibles hochements de tête exprimant une sorte de validation. Après quoi il a désigné à Ibsen le sac isotherme de l'ordinateur qu'il portait en bandoulière, puis son propre crâne. Apparemment, il désirait un branchement. Pour digérer un repas de soleil, les ondes magnétiques du Physiolap tenaient peut-être lieu de pousse-café.

Tandis qu'Ibsen lui fixait ses électrodes, je lui ai montré la photo de Liz sur mon portable. Il a froncé les sourcils en la détaillant, puis il a posé mon téléphone dans le gravier et m'a tendu la main.

Dès l'instant où je l'ai prise, une incroyable légèreté s'est répandue en moi. Et ne m'a plus quitté. Tout ce que je devais accomplir m'apparaissait dans une clarté totale, comme si les vieux doigts rugueux à l'intérieur de ma paume faisaient sauter une infinité de verrous dans ma tête. C'était la même évidence que lorsque l'image de la kimani s'imprimait dans mes nuits à Sheldon Place, mais là je ne rêvais pas. Je sentais simplement une énergie compatible avec la mienne et qui la réactivait, éliminant ce qui la bridait, concentrant ce qui la dispersait. Je comprenais quelle était ma tâche, comment tenir mon rôle et reprendre en main la situation. Le vieux chamane ne s'exprimait pas lui-même par le biais de la télépathie, mais il *faisait parler* mon cerveau. J'entendais avec une précision fulgurante ma voix intérieure, la synthèse de mes bilans et de mes choix, des circonstances et des perspectives. *J'ai donné la mort souvent ; maintenant je dois redonner la vie, mais par les mêmes chemins.* La réponse que j'étais venu chercher dans les rituels d'une jungle initiatique, je la trouvais ici, sur le toit d'une maison de retraite. Je comprenais enfin que ce n'était pas en effaçant ma nature première que j'assurerais ma rédemption. La plante m'avait choisi pour celui que j'étais *avant*, tout autant que pour celui que je voulais devenir. Accepter cette dualité était le seul moyen de réussir ce qu'on attendait de moi.

Le chamane a desserré les lèvres, a fait tourner ses mâchoires comme s'il chiquait, s'est redressé d'un coup, et il a prononcé une dizaine de mots en me fixant d'un air fébrile. Puis il est retombé dans son apathie apparente, allongeant son sourire édenté avec la certitude sereine d'avoir été compris.

J'ai interrogé du regard Ibsen. Il s'est gratté la joue, butant visiblement sur une contradiction qui lui faisait craindre un faux sens. Sous toute réserve, il a traduit :

— « Ce qui te rend visible, c'est ton masque. »

J'ai mis trois secondes à comprendre – le temps que les mots se convertissent en image, et que cette image entre en résonance avec les hallucinations que j'avais eues pendant ma transe végétale. La tête de mort sur ma photo. Le déplacement de mon passeport qui provoquait ma chute. Juanito confirmait ce que j'avais pressenti tout à l'heure à l'hôtel, sauf que d'éventuelles nano-particules insérées dans les pores de ma peau n'étaient même pas nécessaires. C'est mon moyen de fuir qui permettait de me suivre à la trace. Mon faux passeport qui, probablement, émettait un signal GPS.

J'ai remercié le vieux chamane. J'ai vu dans son œil qu'il n'en avait pas fini avec moi. Des mots ont jailli à nouveau de sa gorge. Puis il m'a rendu mon portable où la photo de Liz s'était éteinte. Ibsen a plissé le front, cherchant avec difficulté la traduction la plus fidèle. Il a risqué :

— « C'est le siège de la guérison qui permet le contact. » Le contact ou l'appel, le message, la rencontre, la fusion amoureuse... La communication, quoi. Ils n'ont qu'un seul mot.

C'est bien ce que j'avais compris dans les yeux de l'Indien. Le rêve réparateur issu de mon coma, cette illusion d'être le vrai Martin Harris, m'avait préparé à recevoir l'appel télépathique de la plante. Et la « mémoire » de la tumeur disparue avait agi de même dans le cerveau de Liz : nous avions pris pour une rechute ce qui n'était qu'une demande de reconnexion en provenance de la forêt amazonienne. J'allais jusqu'à conclure que la sève toxique qu'elle avait aspirée dans ma plaie était *l'interlocutrice* qui lui était destinée. Et sa fièvre comme son coma n'étaient que des modes de communication. C'est pourquoi les apprentis chamanes et les médecins militaires n'avaient pu la guérir : elle n'était pas malade. Elle était *en ligne*.

Les émotions, les intuitions qui altéraient de plus en plus ma vision des choses étaient-elles liées à son état modifié de conscience ? Dès que je fermais les yeux, je l'entendais parler dans ma tête, j'entendais ses mots d'amour, d'encouragement, de révolte. Contrairement à ce que j'avais pensé, elle n'était pas l'enjeu mais l'instrument du défi que j'avais accepté de relever. Ce n'était pas pour la sauver elle que je devais reprendre aux marchands de beauté la forêt des Yumak, c'était pour la recherche médicale. Peut-être la kimani était-elle la réponse au mal du siècle, ces tumeurs cérébrales de plus en plus nombreuses qu'on attribuait aux téléphones portables – mais je ne me serais sans doute jamais lancé dans une telle entreprise sans un objectif personnel. Une motivation amoureuse. Qui manœuvrait mes sentiments ? Qui m'avait jeté dans les bras de Liz ? L'âme errante d'un botaniste assassiné, les vibrations d'une plante prisonnière ou l'énergie lumineuse d'un vieil Indien mangeur de soleil ?

— Il va beaucoup mieux, depuis qu'il vous parle, s'est étonné Arnold Ibsen, de nouveau concentré sur son Physiolap.

J'ai observé les triangles scintillant dans la silhouette qui occupait l'écran. Ils étaient tous quasiment verts, sauf au niveau digestif. De mon côté, je sentais une fatigue progressive ralentir mes pensées. Une fuite d'énergie. Les vieux doigts crochetant ma paume opéraient-ils une dérivation ?

Soudain la zone gauche du cerveau s'est colorée en rouge. Juanito s'était figé, la bouche ouverte, les yeux hagards.

— Il a une attaque ?

L'anthropologue a secoué la tête.

— Non. Il vous parle *autrement*.

Il a plissé les yeux, ouvert de nouvelles fenêtres sur son écran, d'un air de gravité intense, avant de poursuivre en baissant la voix :

— Ses ondes cérébrales sont passées en rythme thêta. C'est extrêmement rare. On ne l'a observé que chez certains grands mystiques, des stigmatisés, quelques moines tibétains… Je suis le premier à travailler au Physiolap sur les chamanes ; je n'ai jamais encore obtenu un thêta. Je suis très ému.

— Et concrètement, ça sert à quoi ?

— En fait, c'est un mode qui combine la plus haute concentration intellectuelle, l'effort télépathique, l'état de vacuité bouddhiste et le sommeil paradoxal. Pour parler vulgairement, c'est le contrôle absolu des rêves sans qu'on ait besoin de dormir.

— Ça veut dire quoi ? Il m'envoie un rêve ?

— Je ne sais pas. Vous sentez quelque chose ?

— Oui.

Je plonge à nouveau dans le regard du vieillard. La question m'obsède de plus en plus : est-ce la plante ou est-ce lui qui a trouvé le chemin de ma conscience, au fin fond de la campagne anglaise ? Ou bien les deux, unis dans leur appel au secours ? Ils se sont branchés sur les vibrations de Martin Harris, et c'est mon cerveau qui a répondu. Mais ce que je suis en train de percevoir, dans les petits yeux vitreux du centenaire, va bien plus loin qu'une communication mentale. C'est une lueur d'espoir, de fierté, de confiance. C'est le regard d'un père. Un père désireux de léguer tout ce qu'il sait.

J'ai détourné la tête. Les triangles de son cerveau, sur l'écran, sont redevenus verts. J'ai récupéré ma main, je me suis levé et j'ai pris congé.

— Vous ne lui répondez pas ? s'est étonné l'anthropologue.

— Une chose après l'autre.

Ma fatigue avait disparu, instantanément, et avec elle l'image obsessionnelle de Liz dans son coma. J'ai appelé le service de réanimation. Je m'attendais au pire ou au meilleur, avec une certitude absolue : soit elle était morte, soit elle venait de reprendre conscience.

— Je suis auprès d'elle, m'a répondu un médecin au bout d'une dizaine de minutes. Son réveil a été particulièrement brutal, mais elle ne semble pas avoir de séquelles. Nous la gardons en observation quarante-huit heures. Si l'amélioration du bilan sanguin se confirme, elle sera transférée dans un hôpital civil où vous pourrez lui rendre visite.

J'ai remercié, et raccroché sans tenter d'obtenir un passe-droit. De toute manière, avant de revoir Liz, j'avais une forêt à libérer et une organisation criminelle à détruire.

— Elle est tirée d'affaire, c'est vrai ? s'est écrié Ibsen. J'ai réussi, Martin, j'ai réussi !

Il m'a fallu quelques instants pour me rendre compte qu'il s'était trompé de prénom. Je n'ai pas relevé. Maintenant que j'étais rassuré sur l'état de Liz, l'intense jubilation que m'avait insufflée le toucher du chamane était encore montée d'un cran, au spectacle de ce lutin neurasthénique qui trépignait de fierté sur le gravier en s'attribuant le mérite des médecins.

— Vous ne vous rendez pas compte ! C'est la première fois de ma vie que j'entreprends une chose utile, et qui marche !

Je l'ai félicité, sans trop savoir de quoi. Mais, du coup, il m'est venu une idée encore plus perverse que la stratégie que j'avais commencé à élaborer tout à l'heure dans ma chambre.

Quand je lui ai soumis le projet auquel je souhaitais l'associer, Ibsen a failli tomber du toit-terrasse. D'un élan spontané, il est revenu se planter devant le chamane pour le prendre à témoin de mon accès de démence. Mais le soleil était ressorti des nuages et

Juanito avait remis le couvert. Visiblement, il en avait terminé avec nous.

J'ai escamoté l'anthropologue qui lui faisait de l'ombre, et on est retournés à l'hôtel, dans le flot de ses objections qui se tarissait au fil des rues. Lorsque le réceptionniste nous a indiqué le prochain vol pour New York, Arnold Ibsen s'est borné à me demander, avec une lueur de tentation, si vraiment je pensais qu'il serait à la hauteur de mon attente. J'ai répondu que je ne voulais surtout pas le forcer, et j'ai réservé deux sièges.

* * *

Dans ma chambre d'hôtel, j'ai sorti du double fond de ma valise le passeport au nom de Glenn Willman. Je l'ai feuilleté, décortiqué en essayant de repérer l'emplacement de la puce traceuse. Elle devait se trouver dans la reliure ou sous la piste magnétique. Je suppose que c'était l'une des nombreuses conséquences du 11 Septembre sur la paranoïa de nos services de renseignement – le genre de mesure qui, au nom du principe de précaution, permettait à Howard Seymour de situer à leur insu ses agents capturés ou passés à l'ennemi. Tous les faux passeports fabriqués pour le compte de la Section 15 devaient offrir les mêmes fonctions de GPS. Je pouvais me rendre au bout du monde sous l'identité vierge de Robert Elmett, il me suffisait d'emporter dans le double fond d'un bagage l'un de mes passeports *made in CIA* pour être localisé.

Très bien. Désormais, la cible allait se transformer en piège.

Dans le quartier le plus cher de Greenwich, un portail monumental s'ouvre à l'énoncé de mon nom. Le taxi s'engage dans l'allée bordée d'araucarias, longe une piscine en forme de H, s'arrête devant un palais sudiste à colonnades.

Un maître d'hôtel de style Uncle Ben's m'invite à patienter sur une banquette Directoire, face à la nudité de Virginia Hessler immortalisée en pièces détachées par Picasso – le portrait vert pomme qui, depuis 1953, sert de logo à ses produits de beauté.

Sa fille Helen, une gentille boulotte à chignon cendré, descend l'escalier et me tombe dans les bras. Elle est si contente de ce que je lui ai annoncé au téléphone.

— J'étais vraiment inquiète pour Liz. Ça lui ressemble si peu de disparaître comme ça, sans prévenir...

— C'est ma faute, madame Banks.

— Appelez-moi Helen, voyons.

— Je lui ai fait la surprise : c'était un voyage de noces à titre préventif... Malheureusement, j'ai dû revenir d'urgence pour une affaire imprévue. Je repars cet après-midi.

— Quel dommage, mon époux ne rentre que tard le soir. Il aurait été ravi de vous connaître.

— Moi de même.

— Entrez, Glenn, entrez donc. Que puis-je vous offrir ?

Elle m'entraîne dans un immense living où les toiles contemporaines se mêlent aux meubles d'époque, avec pour seule unité la hauteur de leur cote. Voyant que je m'arrête avec étonnement devant des boiseries XIXe où s'entremêlent en gothique les lettres V et H, elle me révèle que, pourvue des mêmes initiales que Victor Hugo, sa mère a acquis et fait désosser à prix d'or l'une des maisons de l'écrivain pour décorer leur salle à manger.

— C'est lui-même qui a sculpté ces lettres, se réjouit la petite dame avec un respect confit. Maman est très à cheval sur l'authenticité.

— Et ça prend moins de place que des livres.

Un instant de flottement. L'héritière incolore, délavée par le rayonnement maternel, désigne d'un geste à l'audace craintive le service à thé posé sur une console Boulle : accepterais-je de partager son Darjeeling ? On prend place dans des fauteuils Louis XV, et je réponds aimablement à ses questions : ma rencontre avec son amie Liz, l'Amazonie qui les a marqués si fortement, Gordon et elle, nos projets d'avenir… J'attends que le maître d'hôtel s'éclipse après nous avoir servis, et j'enchaîne sur le même ton badin :

— Liz m'a demandé de vous remettre ce petit mot.

Je lui tends l'enveloppe à l'en-tête de l'hôtel Escurial Bogota. Elle hésite, partagée entre sa bonne éducation et l'envie d'en prendre connaissance sur-le-champ. Elle ose d'un ton de petite fille gourmande :

— Vous permettez ?

J'acquiesce.

— Je suis tellement heureuse que Liz refasse sa vie, enchaîne-t-elle en décachetant. Gordon et moi l'y avons si souvent encouragée, sans succès... Je suppose qu'elle s'excuse de m'avoir caché votre existence, achève-t-elle d'un air taquin avant de déplier la lettre.

Je réponds par une moue d'incertitude, et la regarde blêmir dès les premiers mots qu'elle déchiffre. Je suis désolé de briser en quelques lignes la vie d'une femme aussi sympathique, mais c'est la seule preuve dont je dispose, et la suite de mon plan m'interdit d'en faire l'économie.

Elle serre les dents, cligne des yeux, relève la tête, dessine un semblant de sourire sur ses lèvres agitées.

— Je ne reconnais pas son écriture... Elle vous a dicté cette lettre ?

— Non. Mais elle l'a écrite devant moi, avec beaucoup de passion.

— Et... vous savez ce qu'elle contient ?

Je réponds non de la tête, d'un air léger qui rend le mensonge parfaitement convaincant. Elle replie le récit de la tentative de viol, remet la feuille dans l'enveloppe en tremblant à peine.

— Sacrée Liz, réussit-elle à prononcer gaiement tout en essuyant une larme de meilleure amie. Vous lui inspirez des envolées... Pardon, je suis très émue.

Je détourne les yeux, par délicatesse. J'ignore ce qu'elle fera de cette lettre. Une boulette brûlée dans la cheminée, un secret déposé au coffre, une pièce à charge pour son divorce ? Quoi qu'il en soit, je doute que Gordon Banks conserve longtemps ses fonctions de directeur général du groupe.

Un klaxon de limousine retentit devant le perron. Helen se cabre dans son fauteuil. Bon timing : c'est certainement sa mère qui vient de recevoir, à l'issue de son parcours de golf, une autre nouvelle tout aussi dramatique. Vingt minutes plus tôt, après l'avoir abordée sur la terrasse du Country Club, Arnold Ibsen m'a envoyé un texto depuis le portable que je lui ai acheté ce matin à l'aéroport : « Mission accomplie. »

Je me lève à l'entrée de la longue dame à cheveux bleutés qui a régné soixante ans sur la jeunesse des femmes avant de confier l'intendance à son gendre. Moulée dans un jogging tee-time en cachemire turquoise, Virginia Hessler croise mon regard, le temps d'un bref salut du sourcil gauche, puis jette à sa fille :

— Je t'attends dans le salon mauve.

Et l'artilleuse des canons de beauté pivote sur ses talons. Alertée par son ton crispé, mon hôtesse me prie de l'excuser d'une mimique à laquelle je réponds par une inclinaison du buste. Dès que la porte du living s'est refermée, je me dirige d'un pas flâneur vers l'alcôve qui tient lieu de bureau. Au centre d'une table en marqueterie, l'ordinateur d'Helen est ouvert sur un jeu de patience en ligne. Je fais glisser la fenêtre, clique sur l'icône Documents, ouvre le dossier *H & P*, sélectionne *NoTime*. L'écran me demande le mot de passe. Sans perdre de temps, je contourne l'obstacle en ouvrant le fichier *Ressources humaines*.

J'imprime ce qui m'intéresse, listing et rapports de tests. J'empoche le tout, raffiche à l'écran le jeu de patience, et je reprends ma tasse de thé en admirant les belles reliures de la bibliothèque, à demi cachées par des cadres en cuir où Gordon Banks pose à la Maison-Blanche, à Buckingham Palace, aux commandes d'un hors-bord, au volant d'une Lamborghini jaune… Je m'arrête devant la seule photo de groupe, en Amazonie, sans doute prise par Liz qui n'y figure pas. Entre le couple Banks et une grande maigre en treillis qui, vu ses cheveux coupés au bol façon yumak, doit être l'interprète, Martin Harris sourit d'un air triste. C'est la première fois que je le vois à mon âge. On ne se ressemble toujours pas, même si l'on a vieilli de la même manière, lui et moi, par ces rides de sourire qu'on appelle des soleils, mais qui ne réchauffent que les autres.

Je me retourne. La porte vient de s'ouvrir sur Helen Banks qui fonce vers moi avec une tête d'enterrement. Sa mère lui a fourni un excellent prétexte pour cesser de feindre que tout va bien.

— Je vous demande pardon, Glenn, nous avons un problème épineux à régler. Embrassez Liz pour moi, avec tous mes vœux de bonheur.

Je m'y engage, serre la main qu'elle me tend, et regagne le taxi qui me ramène à Manhattan où m'attend son époux.

Le siège social est une tour en verre noir, au coin de Lexington et de la 6ᵉ Avenue. Le nom de la firme occupe les trois derniers étages, sous l'échafaudage des laveurs de carreaux que le vent ballotte entre deux lettres.

Je m'immobilise devant les portes fumées, vérifiant le reflet des deux hommes qui sont sortis, en même temps que moi, du taxi qui suivait le mien depuis le pont George-Washington. Des Blacks à dreadlocks. Ils continuent leur chemin vers une tour voisine. Fausse alerte – ou partie remise. Depuis l'aéroport, je cherche à repérer le comité d'accueil que ma puce traceuse a dû m'envoyer, en toute logique, pour clore mon dossier à la première occasion.

Je traverse le hall gréco-romain jusqu'au comptoir de marbre rose derrière lequel pose une hôtesse en tailleur cintré, un *H* sur le sein gauche et un *P* sur le droit.

— J'ai rendez-vous avec Gordon Banks.

— Un instant, je vous prie. Monsieur ?

— Maître Willman.

Elle m'annonce au téléphone, me prie de lui remettre une pièce d'identité. En échange, elle me tend un badge « visiteur » que je fixe à mon revers.

Un agent de sécurité sort d'un ascenseur où il m'invite à le suivre. Encadrant le miroir de la cabine, Virginia Hessler et Conrad Peers, les amants fondateurs, sourient en noir et blanc dans leur beauté lisse des années 50.

Avant que les portes se referment, je me retourne discrètement vers le trottoir. Les deux Blacks sont revenus sur leurs pas avec des airs de touristes. Mon instinct ne m'a pas trompé.

Au vingt-cinquième étage, la secrétaire du directeur général m'accueille avec la déférence charmeuse réservée aux fouille-merde. Quand je lui ai demandé la veille, depuis Quito, un entretien avec Gordon Banks, elle a tenté de me renvoyer sur le service juridique, mais j'ai précisé que mes clients attaquaient son patron à titre personnel, pour vol et exportation illégale d'une espèce végétale protégée. Ma démarche suggérant la possibilité d'un accord financier qui suspendrait l'action en justice, j'ai obtenu un rendez-vous sous vingt-quatre heures.

— Qui représentez-vous ? attaque Gordon Banks sans quitter son fauteuil aérodynamique.

Il est conforme à ses photos. Blond fixé au gel, regard d'acier trempé, physique d'ancien surfeur, la mâchoire endurcie par l'arrivisme et les plis d'amertume de ceux qui font payer à l'entourage les concessions auxquelles ils ont dû se résoudre. Je m'assieds sans y être invité sur le siège en plexiglas qui lui fait face.

— Qui représentez-vous ? répète-t-il sur le même ton neutre.

— Le peuple yumak de Shayabo à qui vous avez dérobé un plant de kimani.

Il hausse un sourcil, plisse un coin de lèvre. La sérénité de sa réaction me laisse entendre que ni sa femme ni sa belle-mère ne l'ont encore averti de la situation en cours, ce qui en dit long sur les tensions familiales que j'ai déclenchées.

— La kimani, dites-vous. Et à quel titre cette tribu s'arrogerait-elle un droit quelconque ?

Il me rappelle que sa firme, à travers son brevet d'exploitation exclusive, est propriétaire de ladite plante. Je lui précise que le vol qui lui est reproché est antérieur au dépôt du brevet et à l'achat des terres. Il réplique que le sous-sol, et donc les végétaux enracinés, appartenait à l'époque au gouvernement équatorien avec lequel sa firme a traité, et que seul le ministère concerné serait fondé à présenter ce genre de doléance, ce qui n'est évidemment pas son intention. Je riposte que notre plainte ne concerne pas les racines, mais la partie aérienne de la plante incluant tiges, feuilles et fleurs, dont le peuple yumak possédait encore au moment du délit la jouissance exclusive, ainsi que l'a établi une jurisprudence de la Cour interaméricaine des droits de l'homme.

— Que voulez-vous ? laisse-t-il tomber d'un ton de défi goguenard, après trois secondes de silence.

Dites-le-moi, les occasions de rire sont si rares. Un pourcentage sur les pots de crème issue de cette plante ?

— Certainement pas, puisque nous allons faire interdire sa vente en invoquant le Chairman Act. Abus de position dominante.

Un craquement dans l'armature de son fauteuil contredit l'expression impassible affichée sur ses traits.

— Et à quel titre ? me lance-t-il d'un ton rogue.

— La kimani possède des propriétés médicales que vous ne comptez pas exploiter, et dont vous privez donc les malades concernés.

— Sur quoi fondez-vous cette assertion ?

— Sur les travaux menés par le professeur Martin Harris.

— Des travaux publiés ?

— Plusieurs rapports médicaux valant publication décrivent les effets thérapeutiques de la plante en cancérologie.

Un voile glacé dilue son regard. J'avance mon pion :

— Vous comprenez pourquoi j'ai préféré vous exposer la situation en premier, afin que vous puissiez briefer, dans les termes qui vous conviennent, vos services juridiques.

— Votre démarche est sympathique, mais sans objet. Faites-le vous-même.

Aucun signe d'inquiétude ni de soulagement sur son visage. Rien qu'une immense confiance dans la puissance de son groupe. Il se lève avec prestance, pour signifier la fin de l'entretien. Devant mon air déconfit, il m'invite à contacter par ailleurs la fondation Hessler & Peers, qui attribue des bourses aux peuples émergents pour les aider dans la défense de leur écosystème. Je hoche la tête, pensif, un peu piteux – le genre qui déjà se résigne à oublier l'épreuve de force au profit de la mendicité. Et je me dirige vers la porte.

Il s'est rassis, a décroché son téléphone pour revenir aux choses sérieuses. Sur le seuil, je me retourne et lui confie sur un ton détaché :

— Ah oui, j'oubliais. Je suis, accessoirement, le compagnon de Liz Harris, qui vous apprécie beaucoup, comme vous le savez.

Je marque un temps d'arrêt, pour lui laisser le temps de mesurer l'ampleur de la catastrophe qui va s'abattre sur lui. Puis je développe :

— Dans les papiers de Martin, j'ai découvert les composants de la kimani. J'ai appris ainsi…

Jaillissant de son fauteuil, il se rue sur moi, m'empoigne par les revers et me plaque au mur.

— Petit avocat de merde, tu te prends pour qui ? Tu crois qu'on me fait chanter, moi ?

Je l'envoie bouler contre la baie vitrée. Puis je vais le ramasser par le collet, posément, et le traîne jusqu'à son cabinet de toilette dont j'ouvre la porte avec sa tête, avant de la plonger dans les chiottes.

Bloquant ses reins avec mon pied, je lui arrache sa cravate, lui noue les mains dans le dos, puis retire sa ceinture pour l'attacher par le cou au montant de la chasse d'eau. Je lui demande si tout va bien. Un gargouillis me répond. Je lui baisse pantalon et caleçon, et le photographie avec mon portable tandis qu'il vomit, le cul en levrette.

— Ne bougez pas, je vous immortalise pour Internet. Comme ça vous saurez ce que ça fait, d'être réduit au rang d'objet sexuel.

Il se tortille en couinant, dans les vibrations de la cuvette.

— Deuxième option : nous renonçons mutuellement à porter plainte pour agression, et nous reprenons le fil de notre conversation en toute sérénité. Si c'est votre choix, tapez du pied.

Aussitôt ses talons s'entrechoquent frénétiquement. Je le détache, le rhabille, tire la chasse et vais le rasseoir dans son fauteuil. Il reprend son souffle, hagard, tassé contre l'accoudoir gauche, me fixant d'un regard exorbité.

— Dans les papiers de Martin, donc, j'ai découvert que la kimani contient de l'azadirachtine, un puissant coupe-faim qu'on trouve également dans le melia, ou lilas des Indes.

— Et alors ?

Son ton est neutre, sans plus aucune animosité. La vitesse avec laquelle les grands arrivistes s'adaptent à un nouveau rapport de force m'impressionnera toujours.

— Et alors vous n'êtes pas sans savoir que cette substance active fait l'objet d'un brevet d'exclusivité antérieur au vôtre, détenu par les laboratoires Sandhurst, qui en ont fait la base de leur fameuse boisson amaigrissante.

Lèvres closes, il me toise en réévaluant mon potentiel de toxicité. J'enchaîne :

— Nous leur avons transmis la fiche analytique des composants de la kimani, à toutes fins utiles, pour qu'ils attaquent votre brevet et vous réclament les royalties qui leur sont dues. Votre belle-mère est déjà informée. Bonne journée.

Et je referme sa porte avec lenteur, pour bien profiter du spectacle revigorant de sa mâchoire pendante sur son col détrempé.

En quittant la tour, je compose sur mon portable le numéro de la secrétaire qui vient de me reconduire à l'ascenseur.

— Oui, pardon, c'est encore maître Willman, puis-je dire un dernier mot à Gordon Banks ?

J'ai monté la voix en traversant le parvis. Les deux dreadlocks sont là, sur le trottoir, feignant d'attendre un bus, les mains dans les poches. Ils comptent me suivre jusqu'au premier renfoncement adéquat, j'imagine, pour m'égorger en vidant mes poches. Crime crapuleux sur victime non identifiée : la version officielle que laisse présager leur look.

Je me dirige vers l'immeuble voisin, pour que le portier en faction puisse entendre et retenir les noms donnés au téléphone :

— Oui, je comprends, ça ne fait rien, tant pis. Dites simplement à Gordon Banks, lorsqu'il sortira de réunion, que j'ai omis un léger détail. Je sais qu'il est très lié à Howard Seymour, le directeur adjoint du renseignement national à la CIA, qui chapeaute en sous-main la Section 15.

Je fais les cent pas, absorbé dans mes propos. Mes deux agresseurs en puissance, pris de court, se demandent comment intervenir discrètement en pleine rue pour m'empêcher de balancer les secrets de l'officine qui les emploie. Je poursuis mes élucubrations, imperturbable :

— La Section 15, oui. Je sais qu'elle est intervenue pour éliminer Martin Harris, le principal défenseur de la cause des Indiens Yumak, et je connais personnellement la journaliste du *Post* qui a déjà enquêté, dans le passé, sur cette filiale secrète de la CIA. Vous notez ? Parfait. Si Gordon Banks refuse l'accord dont je lui ai parlé, Hessler & Peers sera immédiatement impliqué dans l'énorme scandale qui va éclater autour de la Section 15. Monsieur Banks n'a qu'à vérifier auprès du *Post*. La journaliste en question s'appelle... – ne quittez pas un instant, je renvoie l'autre ligne. Allô ?

Feignant de permuter, je coupe le son afin de répondre, pour la galerie, à mon interlocutrice imaginaire :

— Ravi de vous entendre, Melinda Keller, justement je parlais de vous.

Je diffère encore un instant le mot-clé, pour le plaisir de voir les deux Blacks, main crispée sur le cran d'arrêt au fond de leur poche, s'apprêter à risquer le tout pour le tout dans l'urgence de me faire taire.

Je leur tourne le dos afin de repasser devant le portier qui fait semblant de ne pas écouter, le regard concentré sur le carrefour de la 6e Avenue. Je ne déteste pas retrouver ce léger frisson dans la nuque qui a toujours précédé l'exécution d'un contrat. C'est d'autant plus jouissif pour moi de le ressentir, aujourd'hui, dans le rôle de la cible.

— Et sinon, Melinda, où en êtes-vous de vos investigations ?

Trois secondes après avoir prononcé le mot-clé, je suis saisi violemment par le coude, un journal plié au creux des reins, et engouffré dans une limousine qui démarre aussitôt sous le nez des deux Blacks médusés.

— Ça allait ? s'inquiète Arnold Ibsen en retirant ses lunettes noires et son bonnet.

— Parfait. On dirait que vous avez fait ça toute votre vie.

Un sourire de fausse modestie l'illumine. C'est le propre des intellectuels d'éprouver les plus hautes satisfactions de leur ego en réussissant, devant témoins, à démonter un moteur ou déboucher un évier. Je viens de lui offrir la plus forte décharge d'adrénaline de son existence – et ce n'est qu'un début.

Il ôte le long manteau en toile de parachute qui dissimulait son costume de tweed anglais, et empoche la brosse à cheveux dont le manche, planqué à l'intérieur du *New York Times*, figurait un canon de pistolet. C'est lui qui a imposé l'accessoire. J'adore le sérieux de gamin avec lequel il s'est glissé dans la peau d'un tueur à gages. Pour se sentir crédible, il a eu besoin de *se faire croire.* J'imagine qu'il a été tout aussi convaincant, au Country Club de Greenwich, lorsqu'il a abordé Virginia Hessler dans la peau d'un juriste des laboratoires Sandhurst. Le plaisir que j'ai toujours éprouvé à composer un personnage est encore plus subtil depuis que je joue les metteurs en scène.

Au deuxième carrefour, on quitte la limousine de location dont le chauffeur, derrière sa glace de séparation en verre fumé, en a vu d'autres et n'aura rien remarqué ; son silence est compris dans un pourboire si élevé qu'il nous imagine sans peine appartenant à la Mafia. Je glisse le manteau d'Ibsen dans un container à vêtements destinés aux sans-abri, puis j'arrête un taxi à qui je donne l'adresse de l'antenne new-yorkaise de la CIA.

— On se fait une dernière répète ? demande mon partenaire dans un retour de trac.

Je le regarde ajuster ses lunettes et son nœud papillon, pour redevenir l'éminent professeur d'anthropologie qui, d'une traite, récite le témoignage que je lui ai fait apprendre par cœur. Je corrige deux trois intonations, le reste est parfait.

— J'ai joué *Les Oiseaux* d'Aristophane au collège, me confie-t-il.

— Ça se voit.

Je lui rappelle la suite du programme, fixe le lieu de notre prochain rendez-vous, et lui remets le fichier que j'ai piraté sur l'ordinateur d'Helen Banks. Il y jette un coup d'œil épaté.

— Vous êtes qui, exactement ? interroge-t-il avec gourmandise.

Je pousse un soupir solidaire en refermant les doigts sur son genou.

— Mon cher Ibsen, nous avons chacun nos petits secrets…

Et il rosit de fierté avec un hochement de tête, flatté d'être placé sur le même plan qu'un aventurier tel que moi. J'enchaîne :

— J'ai vérifié : aucun des effets secondaires constatés chez les testeurs de NoTime – œdèmes, nausées, tachycardie – n'a été signalé à la Food and Drug Administration. Hessler a certainement acheté le silence des cobayes ; à vous de monter les enchères. Carte blanche, crédit illimité, corde sensible.

D'un air professionnel, il arrondit les lèvres et empoche le fichier en songeant à la longue journée qui l'attend.

C'est alors que je découvre, au revers de ma veste, le badge « visiteur » Hessler & Peers. La contrariété s'estompe assez vite, tandis que j'imagine mon passeport continuant d'émettre son signal GPS dans le hall de la firme. Je retire l'autocollant vert pomme. Il y a deux façons de réagir à la situation. Soit je me maudis pour cette faute d'inattention, cet impair que jamais Steven Lutz ne se serait permis, soit je fais confiance aux forces qui agissent à travers moi, et je me dis que cette distraction peut se révéler fructueuse.

— Vous me faites participer ? réclame Ibsen en essayant d'attraper dans mon regard le fil de mes pensées.

Je lui glisse :

— En échange de l'aide que vous m'apportez, vous aurez mon appui inconditionnel, je vous le promets, dans tout ce que vous entreprendrez à l'avenir pour les Indiens comme pour les plantes. Mon souhait le plus cher, Arnold, serait d'être un nouveau Martin Harris.

Il tapote mon genou avec un sourire confiant. Visiblement, il se dit que l'Amazonie n'a pas perdu au change.

Aux informations de 20 heures, la présentatrice d'une chaîne locale a annoncé mon décès entre la remontée de Wall Street et l'élection de Miss Connecticut. À la fin du journal, elle s'est rétractée : le corps éjecté qui gisait près de l'épave de la Lamborghini Countach ne correspondait pas au passeport trouvé dans sa poche. De source policière, la victime n'était pas un avocat de Baltimore, mais le directeur général de l'empire cosmétique Hessler & Peers.

J'imagine sans peine les dernières heures de Gordon Banks. Après avoir vérifié que les laboratoires pharmaceutiques Sandhurst l'attaquaient bien en justice, pour prise de brevet abusive sur une plante dont ils possédaient l'un des composants, il avait dû apprendre que la Food and Drug suspendait l'autorisation de mise sur le marché de NoTime. Suite à la visite d'Arnold Ibsen, qui leur avait raconté l'histoire révoltante de cette plante anticancéreuse volée aux Indiens pour en faire un produit de beauté, trois cobayes sur dix avaient accepté de rompre la clause de silence dont dépendait leur rémunération.

À 15 h 30, deux agents de la CIA s'étaient présentés au comptoir d'accueil. Depuis la fenêtre de l'hôtel où j'avais loué une chambre donnant sur la tour Hessler, je les avais reconnus sans peine à leur dégaine incognito, leur démarche synchronisée et leurs Ray-Ban de fonction. S'ils débarquaient aussi vite, c'est que l'ineffable Ibsen avait bien récité sa leçon.

Je voyais d'ici la tête des responsables new-yorkais de l'Agence, lorsque l'anthropologue leur avait signalé l'attaque d'un commando américain contre une tribu d'Amazonie où il se trouvait en mission humanitaire – des Indiens s'opposant à la confiscation de leur territoire par une multinationale antirides. Sur place, disait-il, un cadre de Hessler & Peers lui avait clairement conseillé de déguerpir et de garder le silence, s'il ne voulait pas « se faire liquider par la Section 15 ».

Le témoignage semblait irréel, mais personne ne pouvait connaître ce nom de code, dans le grand public. L'information avait dû remonter aussitôt jusqu'à Langley, réveillant l'ulcère du directeur adjoint du renseignement national. L'officine ultra-secrète que la CIA chargeait des « éliminations physiques » se mettrait-elle à servir des intérêts privés ? des intérêts *cosmétiques* risquant d'ébranler l'équilibre géopolitique en Amérique latine ? Les dénégations sincères du chef de la Section 15 n'avaient pas dû convaincre Howard Seymour.

Les deux agents dépêchés au siège de Hessler & Peers étaient ressortis au bout d'une heure vingt, avec un nouvel élément encore plus alarmant que le témoignage qui motivait leur visite. L'homme enlevé cinq heures plus tôt en pleine rue, devant témoins, alors qu'il sortait du bureau de Gordon Banks, était un avocat défendant les intérêts de la *même* tribu amazonienne en lutte contre les cosmétiques. Et une secrétaire de direction, un portier et un égoutier avaient entendu cet avocat, juste avant son rapt, accuser nommément le directeur adjoint du renseignement national de commanditer la Section 15.

Je connaissais par cœur les réactions d'Howard. Il m'avait certainement identifié, et le temps lui était compté : il ne prendrait pas le risque d'une enquête fédérale, susceptible d'alerter la Commission parlementaire encadrant les activités de la CIA.

À la tombée du soir, j'ai vu sortir du parking de la tour la Lamborghini Countach de Gordon, ce joujou de millionnaire infantile à aileron de Formule 1, carrosserie jaune canari et vitres noires. On avait dû lui signaler, à la fermeture des bureaux, qu'un de ses visiteurs n'avait pas restitué son badge. Dans l'intention de reprendre barre sur moi, je suppose, le subtil Gordon avait empoché mon passeport dont la puce traceuse l'avait condamné à mort, derrière ses vitres opaques, aux abords de Greenwich.

D'après le témoignage du semi-remorque qui arrivait en face, la Lamborghini était en train de doubler un 4 × 4 qui avait brusquement accéléré, ne laissant à Gordon que la solution de se déporter en catastrophe sur le bas-côté opposé pour éviter de percuter le camion. Défonçant la glissière de sécurité, le bolide jaune s'était écrasé en contrebas.

Le 4 × 4 avait continué sa route. Les deux Blacks à dreadlocks s'étaient sans doute réjouis d'avoir pu réparer avec autant de discrétion leur échec du matin. J'étais navré pour eux.

***

Au fond du piano-bar de notre hôtel, un dry martini dans une main et une chips dans l'autre, Arnold Ibsen n'en finit pas de me rejouer sa scène avec le responsable d'antenne de la CIA. Tournant autour du verre à cocktail, l'inoubliable interprète des *Oiseaux* d'Aristophane s'est distribué dans le rôle de la chips.

Je n'en reviens pas de son évolution, en si peu de temps. C'est devenu un véritable homme d'action, du moins un comédien de terrain sans complexes ni scrupules, prêt à toutes les audaces pour tromper son monde. Si à cause de moi Liz est passée de la piqûre anesthésiante au coma, lui, en revanche, je l'ai réveillé. Mais ce constat ne fait qu'accentuer le malaise. Je ne sais plus où j'en suis avec Liz, depuis qu'elle est hors de danger. Je ne lui ai pas laissé le numéro de mon nouveau portable, et je m'interdis de la contacter avant d'avoir tenu les objectifs que je me suis fixés. C'est une fuite en avant, je le sais, un prétexte. Elle me manque et je lui en veux. L'homme qu'elle a fait de moi en moins d'une semaine n'est plus compatible avec les coups tordus que j'enchaîne pour elle. En dehors de ma stratégie, j'ai perdu tous mes repères.

Dans une enveloppe rembourrée, Ibsen me remet le matériel que lui ont fourni, à ma demande, les agents de la CIA. Puis il renouvelle nos consommations et, baissant d'un ton, entreprend de me raconter par le menu l'autre rendez-vous qui a le plus marqué sa longue journée : la jolie cobaye blonde auprès de qui il a senti une « ouverture », et qu'il se réserve de rappeler lors d'un de ses prochains passages à New York. Elle le considère comme un héros et, du coup, ça réveille sa libido – mais, d'un autre côté, il ne voudrait pas tomber de son piédestal en la décevant par une liaison banale. Empêtré dans son prestige tout neuf, il me demande ce que je ferais à sa place. Il est aussi soûlant en chevalier blanc qu'il l'était en broyeur d'idées noires. Je lui conseille de commencer par draguer incognito une inconnue, à titre de brouillon.

— Excellent ! Et on fait quoi, demain ? s'enquiert-il en se frottant les mains.

Je l'encourage à profiter de sa nuit, sans préciser sous quel angle, et je monte dans ma chambre. Par l'ascenseur vitré, je le regarde scruter les tables autour de lui, dans l'attente d'une fin de rendez-vous ou d'une querelle de couple qui rendrait une femme disponible. Je me sens seul. Et c'est la première fois que j'en souffre.

Après avoir vidé le minibar, j'appelle sur le plus privé de ses numéros l'ancien compagnon d'armes dont je me suis ingénié à pourrir la journée.

175

— Bonsoir, Howard. C'est moi.

Trois secondes de silence meublé par les braillements de ses petites-filles. Il a reconnu ma voix, et il se doute que ma ligne n'est pas sécurisée. J'enchaîne :

— Demain midi, 23 novembre, il y a quatre ans.

Je raccroche. Il lui suffit de consulter son agenda de l'époque pour savoir où nous nous étions rencontrés, ce jour-là, et m'y retrouver à l'heure dite.

À présent, il ne me reste plus qu'à prendre un somnifère. Autant être au mieux de ma forme, demain, pour jouer mon va-tout.

La pluie tombait sur Battery Park. Anonyme au milieu des passagers du ferry, Howard Seymour portait un loden vert, une écharpe à carreaux et un chapeau de feutre à la limite du tyrolien. L'ancien marine avec qui j'avais partagé l'enfer, les honneurs militaires et la fraternité illusoire d'un camp de prisonniers était devenu un bureaucrate empâté qui craignait les courants d'air. C'était triste, dans un sens, parce qu'on avait le même âge et que je commençais une nouvelle vie au moment où il achevait sa carrière. Une carrière uniquement axée sur le pouvoir qu'il s'apprêtait à perdre. Il était entré à la CIA numéro 4 et il n'en sortirait que numéro 3, d'où l'amertume qui l'avait bouffi avant terme. Mais c'était son problème, et il devait me plaindre autant qu'il me navrait. Pour lui, j'étais un homme mort. J'allais le rassurer très vite.

En guise de bonjour, il a grincé entre ses dents :

— Jusqu'au bout tu nous auras fait chier.

— Heureux de te voir, moi aussi. Tu te sens mieux, maintenant que tu as fait le ménage ?

Il a serré les mâchoires, détourné les yeux vers l'arrière du ferry où embarquaient les dernières voitures pour Staten Island. Au réveil, après avoir entendu les infos, je m'étais rendu aux abords du Moulin, notre QG du Bronx aménagé dans les sous-sols d'une ancienne minoterie. Circulation déviée, suite à l'explosion de gaz. Howard était un peu à court d'imagination, mais je comprenais l'urgence.

J'ai relancé :

— Comment tu as procédé ? Tu as convoqué toute la Section au Moulin, pour les faire sauter pendant que tu les engueulais en visioconférence ?

La tête dans les épaules, il fixait les remous boueux où flottaient des barquettes en plastique. La pluie glaciale avait vidé le pont supérieur, nous étions seuls et je ne détestais pas l'idée qu'en plus du reste, j'allais l'enrhumer.

— Ce n'était pas de gaieté de cœur, tu t'en doutes, a-t-il fini par répondre en resserrant son écharpe.

Je n'ai rien dit. Il déplorait la perte de quelques éléments dans mon genre, mais ce n'était pour lui qu'une question de maintenance. Il a soupiré :

— D'un autre côté, c'était dans l'ordre des choses. Tes conneries n'ont fait que précipiter l'échéance. Depuis la nouvelle administration, la Section était condamnée, Steven, tu le sais bien. La Commission d'enquête parlementaire ne reconnaît qu'une seule valeur : la transparence. Pour assassiner proprement, maintenant, il faudra demander à la Mafia.

— Et toi, ça va ?

Il redresse la tête, me regarde en dessous.

— Tu m'as fourni une bonne raison pour tourner définitivement la page, et survivre à tout ce gâchis. Ça va, donc. Mais toi. Pourquoi tu m'as fait venir, Steven ? Qu'est-ce que tu veux ?

Je remonte mon col. Je revois mes sessions d'entraînement physique et mental, au Moulin, les séances d'hypnose et les exercices de simulation. De toutes ces années à jouer les caméléons psychiques, de toutes ces années dont il ne reste que des ruines, des cadavres et deux survivants sur le départ, je n'éprouve ni regrets, ni remords, ni rancœur. Mon passé de Steven Lutz n'émet plus rien.

Comme s'il avait suivi le fil de mes pensées, Howard reprend sur un ton détaché :

— En m'obligeant à supprimer ceux qui voulaient ta peau, tu penses avoir réglé le problème que tu poses. Ça, je peux le concevoir. Mais pour le reste… J'avoue ne pas comprendre ta motivation.

— Si je te l'explique, tu la comprendras encore moins. Sache seulement qu'elle n'a rien à voir avec ma vie précédente, mais que s'il m'arrivait quoi que ce soit, la presse recevrait de quoi briser à jamais ta carrière, tes montages financiers et l'honneur de tes enfants.

— Je me doute, sourit-il. Mais tu t'angoisses pour rien : je ne veux pas de ta mort sur ma conscience – encore moins dans mon dossier. Les tentatives de nettoyage dont tu as fait l'objet ont déjà suffisamment pollué le terrain, passons à autre chose. Je vais prendre ma retraite, moi aussi.

Le « moi aussi » me fait sourire. Il essaie de la jouer désinvolte, mais il sait que l'inactivité le tuera bien plus vite que son ulcère. Le temps libre est fatal aux gens sans passion.

— Qu'est-ce qui t'a pris, avec cette plante ? marmonne-t-il dans son double menton.

Pour le plaisir de lézarder les quelques certitudes qui lui restent, je lui raconte comment la kimani m'est apparue en rêve pour me révéler son nom.

— Kimani, lâche-t-il dans une sorte de renvoi. Tu te fous de moi ? C'est le nom de code que Netzki avait donné à ta programmation mentale, sur ce coup-là. Une plante à vrilles sur laquelle travaillait Martin Harris quand il est mort. Tu avais ce nom dans la mémoire qu'on t'a implantée, Steven, c'est tout.

Les doigts crispés sur le garde-corps, il me considère avec une hébétude incrédule.

— Tu as pris ça pour une vision mystique ? Un esprit végétal t'appelle au secours et tu files en Amazonie, tu nous fous le bordel avec l'armée équatorienne, tu nous grilles une couverture d'avocat auprès d'un laboratoire pharmaceutique, et tu nous fais buter le gendre de la septième fortune des États-Unis parce qu'il a transformé ta plante en crème anti-âge. Mon pauvre Steven.

Je maîtrise le vertige dans ma tête. Et je donne le change :

— Au moins, tu ne risques pas de mettre ça dans un rapport.

Il pince les lèvres, sort de sa poche une pastille pour la gorge et l'enfourne, accablé. Sa révélation devrait porter un coup sérieux à la foi qui m'anime, mais c'est tout le contraire. Si je me suis créé une vérité intérieure à partir d'un faux prodige, si je suis arrivé à transformer sans aide surnaturelle une réalité de cauchemar en rêve exaucé, je n'en ai que plus de mérite. Et de confiance en l'avenir. La magie qui a métamorphosé ma vie, j'en suis le seul auteur.

— Qu'est-ce que tu vas devenir, maintenant ? s'enquiert-il avec un air consterné d'avance.

— Un nouveau Martin Harris.

— Et le pire, c'est que je te crois, grommelle-t-il en suçant sa pastille. Tu retournes chez les Indiens boire des infusions ?

— Tu finiras bien dans une réserve de vieux en Floride, à regarder tes petites-filles barboter dans le chlore.

Un silence de mélancolie retombe entre nous. Du moins, je feins de le partager. La pluie s'est arrêtée et les passagers affluent sur le pont, nous poussent contre la rambarde pour immortaliser Manhattan à bout de bras.

Howard plonge la main dans sa poche, sort le passeport au nom de Glenn Willman, l'ouvre et le feuillette lentement.

— Nous faisions du bon travail, tout de même, soupire-t-il avec un bref accès de nostalgie.

Il referme d'un coup sec le passeport. Il semble hésiter un instant à le laisser tomber dans les flots, puis me le tend.

— Ce sont les économistes qui ont gagné, Steven. Ce sont eux qui conduisent le pays à sa perte, à présent, avec un amateurisme qu'on ne nous aurait jamais pardonné. Enfin, tout ça revient au même… C'est nous qui avons raison : tirons-nous tant qu'il est temps. Bonne chance.

J'empoche mon passeport, et regarde le grand professionnel s'éloigner sur le pont du ferry, parmi les touristes qui photographient avec ardeur l'ancien emplacement des Twin Towers.

Au coin de la coursive, quatre hommes à Ray-Ban entourent soudain Howard. Le cinquième s'approche de moi. Je déboutonne mon manteau, plonge la main sous mon pull pour retirer le micro que je lui remets.

— Le son est d'excellente qualité, commente-t-il d'un ton sobre.

— Vous pourrez en dire autant de mon silence, à condition que je reste en vie.

— Faites-vous oublier, c'est tout ce qu'on vous demande, réplique-t-il avant de rejoindre ses hommes.

Je les regarde évacuer du ferry leur directeur adjoint, qui vient d'échapper grâce à moi au lent déclin de la retraite ensoleillée. En embarquant dans la Cadillac noire, Howard tourne un dernier regard vers moi. Je n'y vois rien d'autre qu'une fatalité hautaine. Il m'a sacrifié, je l'ai vendu ; nous sommes quittes.

La sirène retentit, pour annoncer aux retardataires le largage imminent des amarres. Je ressors mon passeport de Glenn Willman et, avant de quitter le bord, je le laisse tomber dans les eaux boueuses où le signal GPS diffusera mon souvenir.

Le cimetière affiche complet. Aux barrières de filtrage, les vigiles refoulent la presse, les photographes et les curieux : Gordon Banks est inhumé dans la plus stricte intimité mondaine.

Je donne mon invitation, et me faufile entre les grands noms de la mode, du cinéma, de l'industrie et du farniente, jusqu'au bord de la fosse dominée par la haute stature en cape noire de Virginia Hessler. La belle-mère fait office de veuve, en l'absence de sa fille. Lorsqu'elle a appris l'accident de Gordon, quelques heures après avoir découvert sa tentative de viol, Helen Banks s'est ouvert les veines dans sa baignoire remplie de toute la gamme des huiles essentielles Hessler & Peers. On l'a sauvée de justesse, mais sa mère a très mal vécu le symbole.

— De toute manière, c'est avec moi qu'on traite, m'a-t-elle signifié au téléphone, le lendemain du drame.

Après quoi elle m'a invité à prendre un verre. Face au désastre causé par la légèreté de son gendre et sa disparition tragique, elle me considère à juste titre comme le sauveur de son groupe. Dans le but d'éviter des procès perdus d'avance, je lui ai suggéré d'arrêter NoTime et de revendre aux Yumak, pour un dollar symbolique, le brevet de leur plante ainsi que la forêt autour de leur village. Le battage médiatique découlant de ce beau geste humanitaire compensera largement les pertes financières, en termes d'image et de publicité gratuite.

Si elle accepte mon deal, j'irai proposer aux laboratoires Sandhurst des essais cliniques en cancérologie sur la kimani, avec droits d'exploitation concédés par les Yumak au profit du sauvetage de la forêt amazonienne. À la condition expresse que Sandhurst, entre-temps, ait renoncé à son propre brevet d'exclusivité sur le lilas des Indes. Dans cette optique, j'ai offert à Virginia Hessler, pour conforter sa nouvelle image écoresponsable, la présidence d'honneur du Comité mondial que je suis en train de mettre sur pied, en vue d'obtenir l'interdiction totale de breveter le vivant.

— Accompagnez-moi aux obsèques de Gordon, m'a-t-elle répondu, comme si elle réquisitionnait un cavalier pour se rendre au bal.

J'ai passé le restant de la journée à expliquer toute ma stratégie à Arnold Ibsen, afin qu'il s'entoure de vrais avocats pour mener à terme les négociations que j'ai amorcées. Il a du mal à comprendre que je m'efface ainsi derrière lui, mais je n'ai pas le choix. À ce stade du dossier, je suis bien obligé de céder la place à des personnes réelles.

Transfiguré par la confiance que je lui témoigne, Ibsen continue à se montrer d'une efficacité redoutable. Il a très vite compris que, pour sauver les peuples menacés par la logique de la mondialisation, il ne suffit pas de recueillir le savoir des victimes ; encore faut-il mettre à profit l'ignorance des bourreaux.

— Vous êtes en retard, laisse tomber la vieille reine de beauté.

Je lui réponds que je travaillais pour elle. Côte à côte, on écoute quelques instants le pasteur faire l'éloge du grand capitaine d'industrie qu'il enterre.

— Ce qu'il ne faut pas entendre, me glisse-t-elle dans le creux de l'oreille, d'une voix qu'on perçoit à trois rangs. Il jouait les capitaines en second, mais ça n'a jamais été qu'un mousse. Cela dit, sa Lamborghini, c'était mon cadeau de Noël : il est un peu mort à cause de moi.

Je la détrompe, avec une conviction qu'elle prend pour de la diplomatie lèche-bottes.

— Ne vous mettez pas en frais, Willman : je pars en croisière, dit-elle sèchement. Pour la revente de mon brevet, vous verrez avec le fils Peers. Mais j'accepte vos conditions. Uniquement parce que vous êtes bel homme, je vous rassure. On ne me baise pas, moi, cher ami, sauf quand je le souhaite.

Elle parle de plus en plus fort, de sa voix de stentor lézardée par le whisky. Du coup, le pasteur est obligé de hausser le ton pour qu'on entende son éloge funèbre. Soucieux de faire oublier ma victoire, je demande à Virginia d'un air contrit des nouvelles de sa fille.

— Elle se remet, soupire-t-elle avec une amertume qui crevasse son lifting. Me faire ça à moi ! Ma seule héritière. Le travail de toute une vie. À quoi ça aura servi, les meilleurs pensionnats suisses, l'école de la dureté… Je l'ai mariée à un requin en espérant que ça lui ferait les dents, tu parles. Une petite oie blanche, avec ses pauvres de proximité. Son botaniste à la noix qu'elle m'imposait comme conseiller floral, et la décoratrice ringarde qui lui servait d'épouse. Il paraît que vous la sautez. Vous ne reculez devant rien : j'aime.

Imperturbable, le pasteur continue à s'attendrir bruyamment sur la mémoire du défunt, cet ancien gamin défavorisé qui, après de brillantes études et de nombreux titres universitaires en aviron, avait su se faire tout seul.

— Disons que c'est moi qui me le suis fait, me glisse la belle-mère avec son sens des nuances. Et elle ajoute sur le même ton neutre : Avant, pendant et après ma fille.

Je compatis :

— Paix à son corps.

Elle me regarde du coin de l'œil, complète le portrait avec mansuétude :

— Il était moins doué en affaires, mais il savait se placer.

Autour de nous, les gens affichent un air de recueillement attentif, pour ne pas perdre une miette de l'hommage assez particulier prononcé par la chef de famille. Je renchéris sans baisser le ton :

— On le soupçonne d'avoir fait tuer Martin Harris, quand il a voulu s'opposer au brevet de la kimani.

— Ça m'étonnerait, dit-elle sans se troubler, en prenant la petite pelle de terre que lui tend l'ordonnateur des pompes funèbres. Il était incapable de faire du mal à une mouche sans m'en référer. Aucun sens de l'initiative.

— Les gens ne sont pas toujours résumables à leurs peurs.

Elle me dévisage avec intérêt, amorce un sourire sur ses lèvres au dessin aérodynamique.

— C'est la chose la plus gentille qu'on pouvait dire sur lui. Je l'aimais bien, malgré ses carences. Vous pourriez tuer quelqu'un, vous ?

— Ça dépend pour qui.

Elle rosit sous sa capeline, considérant sans doute ma phrase comme un compliment détourné. Elle relève le menton et, d'un geste magnanime, saupoudre le cercueil.

— Le gendre idéal, ç'eût été vous, soupire-t-elle en me tendant la petite pelle de terre.

Sans répondre, j'assaisonne à mon tour le défunt et passe la pelle à mon voisin.

À l'issue de la cérémonie, la vieille icône de l'éternelle jeunesse prend mon bras pour quitter le cimetière. Je la sens blessée, en détresse, lasse de jouer les invulnérables. Mais elle ne montre rien.

— J'ai été ravie de passer ce moment avec vous, conclut-elle, et elle ajoute, avec le sans-gêne qui lui sert de pudeur : C'est triste qu'un homme comme vous perde son temps avec une insignifiante qui n'a même pas l'excuse d'être riche. D'autant que ma fille est veuve.

— Toutes mes condoléances, dis-je en détachant ses doigts.

Et je regagne la limousine où m'attend Ibsen, en sentant dans mon dos le regard alangui de cette mante religieuse ne respectant que les mâles qui lui résistent.

Voilà, Liz. Tu vois qu'il n'y a pas forcément lieu d'être fier de tous les moyens que j'ai employés pour parvenir à tes fins. Mais c'est la première chose *bien* que je fais sur terre, et globalement le bilan est plutôt positif. La kimani est libre, les Yumak ont retrouvé l'usage de leur forêt et, à ta sortie de l'hôpital, Ibsen t'a conviée à la grande fête qu'ils ont célébrée pour l'arrachage de la clôture électrique. Tu n'es pas repartie. Tu les aides à reconstruire leur communauté au jour le jour, à retrouver leurs marques. Et tu m'attends, j'espère. Tu continues à m'attendre malgré le temps que je mets à te répondre.

Dans la maison de retraite où je poursuis mon initiation, je n'ai qu'un seul but : devenir réellement celui que tu vois en moi. Être à la hauteur de tes illusions, alors même que je m'efforce de les dissiper. Je veux te surprendre. Je veux aller plus loin que la mémoire et les rêves de Martin. Je veux achever la métamorphose qu'ont provoquée l'appel d'une plante et la confiance d'une femme.

Ta lettre ne quitte pas ma table de chevet. La lettre que m'a fait parvenir Ibsen à mon arrivée à l'aéroport de Quito. Je reviens sans cesse aux mêmes phrases :

J'en ai la certitude aujourd'hui : Martin t'a envoyé dans ma vie pour pouvoir enfin reposer en paix. Tu as gagné sa guerre, et tu as rouvert mon cœur. J'ai envie d'être heureuse avec toi, si cela te correspond, si tu en as le désir et la possibilité. Je ne sais rien de toi, en fait. Sinon que tu vis seul. Es-tu ce genre d'homme qui n'aime que les amours brèves, esquissées, contrariées ? Dis-moi ce qu'il y a derrière ton silence. Dis-moi si nous avons un avenir.

Je prends un risque énorme, je sais. Un risque idiot. Te perdre en te révélant celui que je ne suis plus. Mais je ne peux pas laisser ce non-dit entre nous, ce mensonge par omission. Le plus grave des mensonges, à mes yeux, car il demeure passif ; il ne crée pas de réalité de substitution, de réalité de secours. Je veux que tu saches d'où je suis parti, et tout le chemin que j'ai dû faire pour devenir celui qui demande aujourd'hui à partager ta vie. D'où ce récit que je suis en train d'achever.

L'image de la kimani qui m'a conduit jusqu'à toi n'était pas uniquement destinée à dissiper mes ténèbres. Si la lumière m'a transformé, c'est pour que je fournisse de l'oxygène. Pour que je réalise ma photosynthèse, en aidant les autres à respirer. Ceux qui étouffaient sous la résignation et le désespoir : toi,

Ibsen, les Yumak… En cela, je crois, j'ai réussi. Mais je n'en ai pas terminé pour autant.

Depuis trois semaines, mon emploi du temps est réglé comme un cadran solaire. Écriture jusqu'à l'aube, petit déjeuner au lever du jour : aucune autre alimentation officielle que les rayons du soleil et, par temps de pluie, une infusion de rashaka, la « plante de l'éveil ». C'est la seule que Juanito ait emportée avec lui à la maison de retraite, comme le lui avait demandé la forêt juste avant d'être mise sous séquestre.

Quand je suis arrivé de l'aéroport, le centenaire n'a montré aucune réaction de surprise. Juste un sourire fixe. Il *savait*. Il était assis dans le hall depuis des heures, m'a dit une aide-soignante. Comme un petit pensionnaire qui attend ses parents le premier jour des vacances. Il m'a aussitôt attrapé le bras pour commencer mon initiation.

Dès notre rencontre sur le toit-terrasse, j'ai compris ce qu'il avait en tête, même si cela m'a paru démesuré, impossible, absurde. Mais que faire d'autre, au stade où je suis parvenu ? Que faire de moi ? Je suis la personne désignée pour lui succéder, c'est comme ça. Il n'y a rien à dire, rien à redire : il sent que les forces végétales m'ont choisi, et il est là pour me former. Elles ne le laisseront pas mourir avant et, comme il est pressé d'abandonner son enveloppe physique venue à terme, j'ai droit à une formation accélérée. Normalement, c'est trois ans minimum. Mais je ne serai pas un chamane guérisseur, visionnaire ou doté

de pouvoirs exorbitants. Je serai le chamane de base :
un simple intermédiaire.

C'est du moins ce que je devine à travers ses gestes
et les images mentales qu'il m'envoie. On arrive rela-
tivement bien à se comprendre – peut-être parce que,
sous l'effet du jeûne et de l'insolation, je me sens de
plus en plus abruti. Cela s'appelle l'éveil. J'espère que
c'est transitoire.

Devenir chamane, c'est faire le vide en soi et le
plein d'autrui. Accueillir dans chacune de ses cellules, avec la même empathie, l'espèce humaine tout
entière, le règne animal, végétal, minéral, visible et
invisible, de l'infiniment petit jusqu'au tréfonds du
cosmos. C'est reproduire dans son corps l'expansion
de l'univers. C'est devenir une plante qui absorbe la
lumière, l'eau et le sol afin d'en diffuser la synthèse
dans le présent, le futur, et même le passé. Pour ce
faire, il faut renoncer aux inconvénients de la diges-
tion, de l'ambition individuelle et du sexe. Toute
énergie gâchée est une perte de pouvoir, au détriment
de ceux qu'on doit aider.

La méditation, la sueur et les calories solaires
m'ont déjà fait perdre une dizaine de kilos. Quand
je craque, l'aide-soignante m'apporte discrètement
un Kinder Surprise. Juanito feint de ne rien voir. Et
j'ai obtenu un amendement sur la question épineuse
de l'abstinence. À condition de concevoir l'union
physique comme un renfort d'harmonie spirituelle,
et non pas comme une fuite d'énergie entraînant la

dépendance, j'aurai le droit de te refaire l'amour si tel est notre choix.

Mais la méditation a ses effets secondaires. En essayant de créer le vide, on fait malgré soi des inventaires. On revit des moments clés, on les découvre sous un autre angle, on prend conscience de détails qu'on avait négligés. C'est ainsi que j'en suis venu à te remettre en question. À échafauder une hypothèse qui paraît s'appliquer à chaque étape de notre histoire. La conclusion qui s'est imposée m'a consterné, anéanti, puis réconcilié peu à peu avec moi-même.

Si j'ai vu clair en toi, si nos situations sont à ce point jumelles, alors mon passé ne sera plus vraiment un problème.

Je descends de la pirogue, mon manuscrit serré dans la vieille sacoche en daim. Les deux chamanes adjoints m'accueillent avec une déférence coincée. Je sens qu'il va leur falloir un certain temps pour accepter mon parachutage. Mais Juanito s'est éteint au coucher du soleil : ça signifie que je suis prêt.

Tu t'es précipitée dans mes bras. Inutile d'interroger l'univers : à l'instant où nos corps se sont joints, j'ai su que mon amendement recueillait tous les suffrages. La seule vérité entre nous demeure l'amour physique. Résistera-t-elle aux aveux ?

Déjà les Indiens nous séparent, et les rituels en mon honneur s'enchaînent. On me déshabille, on me peint, on dessine avec une purée de fruits, sur mon dos, l'animal totem qui sera mon envoyé dans l'invisible. On me présente aux singes, aux perroquets, aux araignées, à l'anaconda qui digère enroulé sur une branche de ficus. On me trempe dans l'eau boueuse du río pour attirer les piranhas, qui repartent dépités en constatant que mon sang n'est que de la peinture rouge. Et toi tu me regardes, de loin. Tu observes ces rites initiatiques. Tu es contente pour moi. Tu te dis, sourire aux lèvres, que seul l'imaginaire collectif pouvait m'insérer dans une réalité sociale.

**

Ce soir, tu me rejoins dans la case du chamane. J'ai allumé un feu rituel sous la cheminée de fortune, qui consiste en un trou central dans le toit de feuilles en forme de cône. On n'y voit rien, on tousse, la fumée nous serre le cœur, mais elle n'est pas seule responsable.

Tu es belle, rayonnante, anxieuse. Déjà offerte, et pas encore en paix. Tiraillée entre le désir et le scrupule. Il faudrait que je te prenne d'emblée, sans un mot, ou que je te lise durant des heures ce que j'ai écrit pour toi. Laisser nos corps ou ma voix combler le vide que brutalement l'absence, les rêves croisés et l'imposture mutuelle viennent de creuser entre nous.

Je ne ferai ni l'un ni l'autre.

Je t'assieds sur le sol, je m'installe en face de toi solennellement et j'entreprends, page après page, de brûler ma confession. Tous ces faux-semblants et toutes ces ombres qui dansent sur ton visage. Les flammes de mes phrases éclairent ton regard. J'y vois la progression des pensées que tu me prêtes, les sous-titres que tu déduis de mes gestes. À quoi bon te dire la vérité, à quoi bon démentir la confiance que, dès le premier instant, tu as mise en moi et qui m'a reconstruit ? Voilà ce que tu comprends, et de mon côté je perçois en toi un soulagement qui t'étonne. Mais c'est la seule issue possible à notre histoire, désormais, non ? Je brûle sous tes yeux ma vie sans toi qui n'est plus qu'une peau de papier inhabitée, une mue.

Et je te tends la main.

Nos doigts se joignent au-dessus de ton passé qui se consume. Tu n'imagines pas à quel point je me sens soulagée. Je n'aurai pas à feindre la stupeur, à tricher une fois de plus. Je ne serai pas obligée de me démasquer à mon tour pour nous remettre en phase.

Ça ne m'intéresse plus, qui tu étais. Ce qui compte, c'est ce que nous allons devenir ensemble. Ma décision est sans appel : je ne reviendrai pas en arrière. Pas toute seule, en tout cas. Je ne prendrai pas le risque de t'avouer que la femme que tu aimes n'est qu'un rôle. Je m'appliquerai à la rendre de plus en plus réelle, c'est tout, comme tu l'as fait avec ce personnage de justicier au grand cœur que tu as composé pour moi – et qui te va si bien. Même si ton nouveau look chamane n'est peut-être pas ce qui m'inspire le plus en termes de sensualité.

J'ai eu le temps de réfléchir, tu sais, de peser le pour et le contre au milieu de ce peuple qui m'a adoptée sans se poser de questions, parmi ces femmes que j'aide, ces enfants qui m'élèvent en m'apprenant leur forêt, cette communauté mise à mal qui se restructure autour de moi, parce que j'ai survécu au poison d'une plante fatale aux étrangers. Je suis bien ici. Je me sens des leurs. Je me sens moi. Enfin.

Aucune envie de te dire mon vrai nom, de remettre au jour celle que je fus, de renouer avec une identité qui n'est faite que de réussites sans suite. D'échecs intérieurs. D'idéal en souffrance. De colères ressassées face à l'impunité des pourris que je me suis épuisée à démasquer pour rien, des années durant, dans la politique et les services secrets. Pas un seul des dossiers que j'ai instruits n'a jamais débouché sur une condamnation, n'a jamais fait avancer la justice : les preuves transmises à mes supérieurs ne leur ont servi que de moyens de pression ou de monnaie d'échange. À quoi bon remuer la boue dont je me suis sortie ?

J'aime tellement être cette Liz Harris sur qui tu as fondé ta rédemption. Les sentiments que je lui ai empruntés, en quelques heures de débriefing et de confidences, ont meublé mon vide affectif, comblé mes manques, redressé mon cap. Pour retrouver goût à la vie, rien de tel que d'incarner une rescapée de la maladie, une cancéreuse en rémission. Et Liz, de son côté, cette pauvre petite veuve ratatinée entre son miracle à court terme, sa solitude et ses secrets, avec son alliance en sautoir et sa coupe au bol d'Amérindienne, a été si heureuse d'exister à nouveau pour quelqu'un, d'ouvrir son cœur et ses tiroirs dans l'espoir que ça serve à quelque chose.

J'avais dû batailler pendant des semaines avec les services administratifs pour qu'on la mette sur écoute. Aucun des membres de la Commission d'enquête parlementaire ne voulait croire qu'un professionnel comme toi reviendrait sur les lieux d'une ancienne imposture. Mais j'avais passé tant d'heures à étudier ton profil, ta confusion d'identité, les circonstances de ta pseudo-disparition... Je sentais que l'imprégnation de Martin Harris était allée trop loin dans ton cerveau pour s'évaporer du jour au lendemain.

Quelle revanche sur le dédain de mes chefs, lorsque j'ai entendu ta voix annoncer ta visite sur le répondeur de Greenwich. Restait à convaincre Liz Harris de me céder la place. Les voisins la croyaient partie en vacances. Je l'ai retrouvée à l'hôpital local, où elle mourait à feu doux d'une infection nosocomiale contractée en venant passer des examens de contrôle.

Je lui ai expliqué qui tu étais, et ton lien si particulier avec son défunt. Elle a accepté sans difficulté que je me glisse dans sa peau, que je m'installe chez elle pour te recevoir. Te mettre en confiance et t'amener, par tous les moyens, à témoigner contre la Section 15. À faire tomber Howard Seymour que je soupçonnais, sans preuve matérielle, de commanditer tous ces assassinats d'État aux frais du contribuable.

Mais, ce matin-là, ce n'est pas toi qui es arrivé le premier à Greenwich. La rousse t'a pris de vitesse, m'a neutralisée, et rien ne s'est passé comme prévu. Mon réveil, ta présence, tes initiatives et les miennes... Comme toi, j'ai été envoûtée par ce décor, par ces archives, par les débris de cette vie conjugale. On avait l'air si vrais. Deux solitudes qui jouaient à se projeter dans l'image d'un couple. Deux paumés en rupture de ban soudain plongés dans une histoire figée qui ne demandait qu'à renaître.

Je ne me suis pas remise de ce moment. Comme tu ne t'es pas remis d'avoir cru être Martin Harris – un idéaliste, un perdant qui se démène, un généreux trahi. Le genre d'homme que j'ai toujours cherché en vain. On ne se doute pas à quel point ça peut déteindre, un fantasme. Déteindre en redonnant des couleurs.

Quand tu m'as parlé de la kimani, j'ai perdu pied. Toute la souffrance, l'espoir et le déclin de Liz ont pris le contrôle de mes émotions. Tu m'as entraînée dans ta fuite en avant, dans ton délire, ta croisade illusoire pour libérer une plante. J'ai craqué pour toi, j'ai raconté à ma hiérarchie que j'avais perdu ta trace, j'ai foiré la mission que j'avais eu tant de mal à me faire confier – mais tu l'as réussie à ma place : tout est bien. La CIA a suicidé Howard Seymour, la Section 15 n'existe plus, le Sénat a remporté sur l'exécutif une victoire considérable qui servira quelques intérêts personnels, et j'ai démissionné dans l'indifférence générale.

À présent, je suis tout à nous. Seule compte la réalité que nous allons créer à partir de nos fictions. Toutes ces plantes aux pouvoirs inconnus que nous allons découvrir, décrire, publier pour les soustraire à la menace des brevets… Tu veux ? Tu veux qu'on tienne la promesse qu'on s'est faite dans la baignoire de Bogota ?

Quand même, je suis assez épatée que tu ne m'aies pas percée à jour. Est-ce l'amour qui t'a rendu aveugle, ou simplement le refus de voir ce qui n'allait pas dans mon sens ? Tu t'es tellement remis en question depuis notre rencontre, c'est vrai… J'étais devenue ton unique référence ; tu n'allais pas en plus douter de moi. Alors tu ne t'es pas arrêté aux détails. Les photos du couple Harris ôtées du domicile conjugal, mon absence de cicatrice après une opération du cerveau, mes efforts pas toujours subtils pour te tirer les vers du nez, mon embarras quand tu as voulu me « remmener » chez les Yumak… Sans parler de la rapidité avec laquelle je me suis jetée dans tes bras. Peu importe que ma tête et mon corps t'aient trompé, au départ. La sincérité avec laquelle je t'ai menti m'a valu ta confiance, et aujourd'hui mon amour a cessé d'être un leurre.

Mais tu n'es pas seul en cause. Ce lien entre nous deux, c'est aussi le dernier fil qui retient Liz à la vie. D'hôpital à hôpital, je lui ai raconté par mails l'évolution inattendue de mes rapports avec toi. Ça lui a fait tant de bien que j'aie pu te séduire avec sa vie, ses épreuves, sa personnalité… Quelque chose d'elle continue en moi dans les bras d'un inconnu, et ça l'aide à quitter ce monde. Son existence n'aura pas été totalement vaine, stérile et désespérée. Grâce à toi, la kimani pourra soigner d'autres personnes qu'elle ; ta victoire est sa dernière joie. Elle nous souhaite le bonheur auquel Martin et elle se croyaient destinés.

Tout cela, je te le dirai un jour, quand nous serons allés assez loin pour pouvoir nous retourner. Quand je serai suffisamment sûre de nous pour oser tomber le masque. En attendant, serre-moi contre toi, embrasse-moi, refaisons connaissance…

Tu me crois, donc je suis vraie.

Note de l'auteur

Tout n'est pas inventé, dans ce roman. Pour en savoir plus sur le combat des Indiens Kichwa de Sarayaku, on peut consulter le site info@frontiere devie.net. Et une association existe, fondée par Jean-Pierre Nicolas, pour aider les peuples premiers à défendre leurs plantes médicinales contre les brevets industriels (www.jardinsdumonde.org).

Du même auteur :

Romans

LES SECONDS DÉPARTS

VINGT ANS ET DES POUSSIÈRES, 1982, prix Del Duca, Le Seuil et Points-Roman

LES VACANCES DU FANTÔME, 1986, prix Gutenberg du Livre 1987, Le Seuil et Points-Roman

L'ORANGE AMÈRE, 1988, Le Seuil et Points-Roman

UN ALLER SIMPLE, 1994, prix Goncourt, Albin Michel et Le Livre de Poche

HORS DE MOI, 2003, Albin Michel et Le Livre de Poche (adapté au cinéma sous le titre *Sans identité*)

L'ÉVANGILE DE JIMMY, 2004, Albin Michel et Le Livre de Poche

LES TÉMOINS DE LA MARIÉE, 2010, Albin Michel et Le Livre de Poche

LA FEMME DE NOS VIES, 2013, prix des Romancières, prix Messardière du Roman de l'Été, Albin Michel

LA RAISON D'AMOUR

POISSON D'AMOUR, 1984, prix Roger-Nimier, Le Seuil et Points-Roman

UN OBJET EN SOUFFRANCE, 1991, Albin Michel et Le Livre de Poche

CHEYENNE, 1993, Albin Michel et Le Livre de Poche

CORPS ÉTRANGER, 1998, Albin Michel et Le Livre de Poche

LA DEMI-PENSIONNAIRE, 1999, prix Fémina Hebdo, Albin Michel et Le Livre de Poche

L'ÉDUCATION D'UNE FÉE, 2000, Albin Michel et Le Livre de Poche

RENCONTRE SOUS X, 2002, Albin Michel et Le Livre de Poche

LE PÈRE ADOPTÉ, 2007, prix Marcel-Pagnol, prix Nice-Baie des Anges, Albin Michel et Le Livre de Poche

LE PRINCIPE DE PAULINE, 2014, Albin Michel

LES REGARDS INVISIBLES

LA VIE INTERDITE, 1997, Grand Prix des lecteurs du Livre de Poche, Albin Michel et Le Livre de Poche

L'Apparition, 2001, Prix Science-Frontières de la vulgarisation scientifique, Albin Michel et Le Livre de Poche

Attirances, 2005, Albin Michel et Le Livre de Poche

La Nuit dernière au XVe siècle, 2008, Albin Michel et Le Livre de Poche

La Maison des lumières, 2009, Albin Michel et Le Livre de Poche

Le Journal intime d'un arbre, 2011, Michel Lafon et Le Livre de Poche

THOMAS DRIMM

La fin du monde tombe un jeudi, t. 1, 2009, Albin Michel

La guerre des arbres commence le 13, t. 2, 2010, Albin Michel

Le temps s'arrête à midi cinq, t. 3, à paraître

Récit

Madame et ses flics, 1985, Albin Michel (en collaboration avec Richard Caron)

Essai

Cloner le Christ ?, 2005, Albin Michel et Le Livre de Poche

Dictionnaire de l'impossible, 2013, Plon

Beaux livres

L'Enfant qui venait d'un livre, 2011, Tableaux de Soÿ, dessins de Patrice Serres, Prisma

J.M. Weston, 2011, illustrations de Julien Roux, Le Cherche-midi

Les Abeilles et la vie, 2013, photographies de Jean-Claude Teyssier, M. Lafon

Théâtre

L'Astronome, 1983, prix du Théâtre de l'Académie française, Actes Sud-Papiers

Le Nègre, 1986, Actes Sud-Papiers

Noces de sable, 1995, Albin Michel

Le Passe-Muraille, 1996, comédie musicale (d'après la nouvelle de Marcel Aymé), Molière 1997 du meilleur spectacle musical, à paraître aux éditions Albin Michel

Le Rattachement, 2010, Albin Michel

Rapport intime, 2013, Albin Michel

Le Livre de Poche s'engage pour
l'environnement en réduisant
l'empreinte carbone de ses livres.
Celle de cet exemplaire est de :
250 g éq. CO_2
Rendez-vous sur
www.livredepoche-durable.fr

PAPIER À BASE DE
FIBRES CERTIFIÉES

Composition réalisée par MAURY-IMPRIMEUR

Achevé d'imprimer en avril 2014 en France par
CPI BRODARD ET TAUPIN
La Flèche (Sarthe)
N° d'impression : 3005233
Dépôt légal 1ʳᵉ publication : mai 2014
LIBRAIRIE GÉNÉRALE FRANÇAISE
31, rue de Fleurus – 75278 Paris Cedex 06